I0457594

Destinatário

LiriHá

Destinatário:
homem solteiro

2018

2018 ® by LiriHá
Direitos em Língua Portuguesa reservados exclusivamente à autora

Capa: Anderson Alberton
Revisão e Organização: Sérgio de Almeida
Projeto Gráfico e Diagramação: Anderson Alberton

FICHA CATALOGRÁFICA

HOMlir	LiriHá
151032018	Destinatário: Homem Solteiro
	Gurupi: Editora Veloso, 2018
	122 p.
	Conteúdo. 1. Auto Ficção, Ficção- 2.Lit. brasileira.
	1. Título
	ISBN: 978-85-9573-013-7

CDD – B869.3

TODOS OS DIREITOS RESERVADOS – A reprodução total ou parcial, de qualquer forma ou por qualquer meio deste documento é autorizado desde que citada a fonte. A violação dos direitos do autor (Lei nº 9.610/98) é crime estabelecido pelo artigo 184 do Código Penal.

IMPRESSO NO BRASIL
PRINTED IN BRAZIL

De quem decidiu pelo amor rapidamente, assim que se transformou em gente.

"Ao amor, nada mais que a verdade
e nada menos que a literatura".

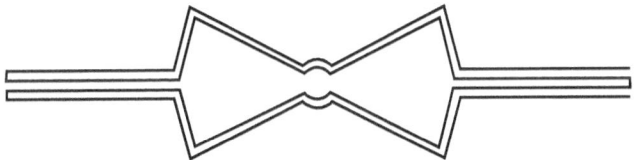

AMOR PRIMEIRO

Hoje me julgaram... "Insana!", disseram. Identifiquei uma aspereza voluntária no tom da voz, um ar de dolência – ou seria arrogância? Ouvi com parcimônia, desconversei, senti pena. Eles, tão autossuficientes, tão senhores e senhoras de si! Não usaram a palavra ridícula, não usaram. Mas a liberdade poética que me é característica permite traduzir que foi isso que senti, ao expor para essas pessoas o meu hábito de escrever para você.

Na vida, não deveríamos esquecer que a exposição abre caminho para o julgamento. Mas esquecemos, não tem jeito.

Eu, às vezes, os desconheço. Acredito que isso ocorra com você, e com as pessoas em geral, quando amigos nos decepcionam. Logo eles! Fazemos parte da mesma geração, assistimos os mesmos desenhos, brincávamos na rua quando internet e telefone móvel eram notícias de longe. Precisávamos uns dos outros, acreditávamos no amor; as meninas tinham "diários" e os meninos conquistavam e namoravam. Onde foi que a nossa geração aprendeu a ser tão autônoma e individualista? Será que foi na faculdade? Se foi, eu faltei às aulas em que diziam que diploma, viagens e bens materiais estão à frente e acima de tudo, e que não formar família e usar o corpo das pessoas é tendência. Acho que também faltei à aula que dizia como lidar com a solidão, com a carência e com a depressão. Contudo, eu sou boa aluna, dessas autodidatas. Fui morar sozinha cedo, aprendi a me virar e a me sustentar, estudei e trabalhei muito. Mais que deveria, diga-se de passagem.

Dizem que eu "consegui" e que tenho sucesso. Será mesmo? Contabilizo três rugas, dois bens e um bom currículo. Todos, itens próprios de uma pessoa padrão de classe média. Quanto ao resto? Bem, não há muito "resto"... Nem cachorro, filho ou uma ONG. Nenhuma causa pela qual morrer... No entanto, eu conheço bastante gente, acho que isso vale alguma coisa. Posso "dividi-los" em "amigos para sair", "amigos para rezar", "amigos com os quais não dá muito pra contar", e um mundo de conhecidos e seguidores virtuais, com os quais é válido um diálogo eletrônico, vez ou outra. Há mais duas ou três pessoas nas quais eu posso confiar de verdade. Tem a família também, mas essa, assim como a maioria das famílias, não é lá muito unida.

E o amor? Vejamos... Essa palavra é a mais usada em todo e qualquer idioma e está presente nas religiões, nas famílias, nos filmes, na mídia... Não existiria literatura se não fosse esse sentimento. Do mesmo modo, sem ele, a arte e a cultura sucumbiriam ao nada. Com exceção das pessoas concebidas no carnaval e das produções independentes, provenientes de bancos anônimos de espermas e óvulos, o resto da humanidade é fruto do amor entre duas pessoas. Ou, ao menos – e que seja –, uma atração física danada de boa, o que já é alguma coisa e está valendo...

O questionamento é válido. Como nos é possível, nesses tempos de relações líquidas, viver sem amor? Sem alguém para amar? Somos a primeira geração nas famílias a não casar e a questionar essa necessidade, inclusive a reprodutiva. Como lidar com isso?

O interessante do amor é que o mesmo não vem com receitas. Nossas mães nos ensinam a fazer bolos com maestria e nada falam sobre como conquistar o rapaz mais bonito da rua. São anos de fórmulas químicas e matemáticas entre o primeiro e segundo grau do colégio sem uma aula sequer que diga como não sofrer por um amor não correspondido.

Pelo menos quanto a mim, já superei os primeiros 30 anos desse "novo" modelo. Vivo bem, mas não confortável, com o coração vazio... Sigo todos os conselhos que se resumem em: "Ame-se, divirta-se e não procure, que quando menos esperar, acontecerá!". Porém, os conselhos não diziam nada a respeito do controle da mente.

Existe, na minha cabeça oca, o desejo genuíno de viver com alguém o amor Philos e o amor Eros de forma saudável antes dos setenta anos. Tal desejo invade meus pensamentos involuntariamente e ocupa meu imaginário de forma sigilosa. De maneira evidenciada, isso acontece quando vou ao casamento de uma amiga, assisto uma comédia romântica ou leio, sem querer, declarações de amor de conhecidos nas páginas das redes sociais.

Casais da minha idade, assim, felizes, estão em extinção. A moda é ser solteiro – ou solteira –, e ainda por cima estar "bem" com isso. E, claro, rir e debochar descompensadamente de qualquer amiga que acredite no amor e escreve cartas para ele, até então desconhecido. Passarei, a seguir, a analisar esse tipo de gente.

Bom, eles, os "censuradores" do ato mais primitivo da humanidade, o de registrar sentimentos, juram que amar, ou casar-se, é uma furada equiparada à prisão. Mas bem sei que esses mesmos baixam aplicativos de encontros e possuem mais redes sociais do que conseguem administrar. É evidente que suas horas a fio na academia e as roupas que ressaltam os músculos e a forma física não tenham a ver apenas com bem-estar. Sei bem o que eles sentem quando os melhores amigos os deixam um pouco de lado por estarem namorando, ou quando o frio do inverno se intensifica nos sábados à noite. Sei bem a cara que fazem quando os parentes, no Natal, questionam as suas eternas solteirices. Ô, se sei! O que me faz conhecer tais situações, assim como tantas outras, é o fato de elas serem, também, o meu lugar. Aliás, lugar cada vez mais desconfortável, com o passar dos anos... A diferença entre eu e eles é que assumo o desconforto e tento mudá-lo.

No fundo, a política da "autossuficiência" e a do "sou feliz sozinho" é uma farsa, embora seja um rótulo bonito e atrativo. Acredito que, cedo ou tarde, a necessidade da prática sincera do amor grite, berre e faça escândalos em cada um de nós.

Uso de sabedoria para observar além das palavras das pessoas, e interpretar seus silêncios. Quem diz muito, acaba não falando nada, e se contradiz.

Quanto a mim, sigo não desviando do que acredito e de quem espero encontrar. Quanto a nós? Estamos juntos aqui e agora, pois algo no universo acontece quando a solidão do escritor encontra a solidão do leitor.

Cúmplices de um sentimento igual, vivendo a um passo da felicidade.

"Fechou os olhos para senti-lo.
Deixou que ele bagunçasse seus cabelos.
Não era o Amor, era o vento".

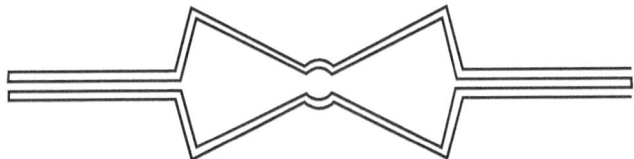

TEMPOS MODERNOS

A pressa, o horário, o trânsito, o compromisso, a meta, a reunião. Ah! As dívidas e o conserto do carro. A troca do carro! Sem falar nos problemas da família, sem falar do excesso de peso, sem falar na ausência de tempo e de espiritualidade, sem falar que ninguém nos entende. Nem ao menos um ser humano, um estranho que fosse, com inteligência mediana, dotado de um terço de paciência e dois terços de compreensão, é possível encontrar pelo caminho... Não que eu esteja falando de você. Não. Estou falando de mim para você, é diferente. Mas é bem provável que sua semana esteja tão desarmoniosa quanto a minha e que necessite ser salva por um happy hour com amigos na sexta-feira. Melhor seria embarcar com amigos para uma viagem no sábado. Mas amigos com tempo e disponibilidade, com os quais se possa viajar, é coisa rara, andam tão extintos que o mais extinto mico-leão-dourado-virgem-saxônico. "Que a minha sexta-feira acabe em brindes no bar e que haja uma viagem qualquer, desde que divertida e em boas companhias. Amém!".

O mundo se desfazendo com política, guerras e atentados e eu aqui, saturada da rotina, pensando em beber no sexto dia da semana, ou em fugir para o litoral. Parecem um tanto egoístas, modernas e justas essas nossas buscas, para não dizer fugas...

E isso que eu estou falando apenas de dois exemplos! Às vezes, tenho a impressão de que seguimos padrões pré-determinados, inventados outrora, não sei onde e não sei por quem. Existe um sem-número de coisas para se distrair com amigos, além-bar. E por que sempre o litoral? É como o engarrafamento para o trabalho, nós apenas seguimos o fluxo e parece estar tudo bem. E se fôssemos de bicicleta elétrica? Se combinássemos caronas? Transporte público? Caminhar? É melhor parar, dá um cansaço só de pensar em mudar, quase se perde o fôlego.

"Está tudo bem, melhor não inventar moda" – é o que pensa a maioria! Há saúde, algum dinheiro, um diploma, uma profissão e onde passar o Réveillon... Para que mais, não é mesmo?!

É nesse ponto que quero chegar... Tenho a vida tão normal (leia-se "enlatada") quanto todos os meus amigos e colegas de trabalho; vivo com pressa e de dieta. Faço muitas vezes o que todo mundo faz, vou para os lugares que se costumam frequentar, aceito os mesmos convites e as mesmas bebidas... Mas, sempre houve em mim uma inquietação com relação a tudo que não seja simples e criativo. É difícil encaixar-se. É difícil argumentar em discussões fervorosas, então, eu escrevo. E, na maioria das vezes, saio sozinha do padrão. Descubro lugares interessantes para refeições inesquecíveis, sebos, exposições... Sábado passado eu fui a única espectadora na plateia, em um show de MPB. Compro CDs "estranhos" e livros piores. Escrevo contos eróticos e tenho uma visão de religião libertária. Contemplo o belo, seja da natureza, seja o belo do interior das pessoas. Tenho por maior defeito, saber ouvir.

Se eu for descoberta, serei banida do planeta.

A globalização, a internet, o consumismo e o "sistema" até tentaram endurecer meu modo de viver, me fazer uma "mulher de trinta" fria e bem resolvida, independente. Principalmente no que diz respeito a não criar expectativa e subtrair da minha existência todo e qualquer sentimento "meloso". "Ora, vejam, quem hoje em dia acredita no amor? Que bobagem, os homens são todos iguais! Confie, desconfiando. Ninguém mais se casa depois dos trinta".

Estou nadando contra a corrente, mas sem chamar muito a atenção do cardume... Intimamente, sou grata por possuir sentimentos sinceros a seu respeito, Destinatário das minhas cartas. Gosto de ficar pensando em você. É sincero e gratuito. Imagino nós dois como protagonistas em todo filme de ação onde haja um par romântico. É o melhor de mim, que sabe que irá encontrá-lo, que acredita nisso.

As pessoas, a meu ver, quando se dispõem a considerar o amor romântico em suas vidas, o fazem dificultosamente, seja pela intolerância aos defeitos, ideia de perfeição, ou pela impaciência na conquista. Ficam a procurar pelo amor em uma pessoa aparentemente perfeita, com o intuito de viverem, juntos, uma história sem percalços, para só então chamar isso de felicidade.

Na minha consideração pessoal, a felicidade já se encontra em nós, o que fazemos é dividi-la com o outro. Pelo menos é assim que eu me vejo, feliz e inquieta, ávida por conversar sobre todas as bobagens do mundo com alguém, amá-lo e, como preferem chamar, ter uma convivência a dois.

A decisão para amar é o primeiro passo, reconhecer-se desejoso de alguém é o maior "mico" do universo. Demonstrar amor gratuitamente é uma plantação, sem data para a colheita. E esperar é só a metade do caminho.

É como plantar um jardim sem se preocupar com os visitantes, mas desejar conscientemente que eles venham. Alguns podem pisar em meia dúzia de flores e fazer certo estrago. Mas haverá certamente os que percebam a boa poda e a suntuosa floração. Se um dos visitantes quiser ficar, ajudará em tudo e a beleza do jardim aumentará. "E se ninguém quiser ficar?", há de perguntar uma tia velha solteirona com nome terminado em "ete" (Bernadete, Janete, Elizete, Mariete...). "Pois bem", eu responderia, "ninguém perde tempo ou se entristece quando cultiva jardins em sua própria vida".

LISTA

Disseram-me que fazer uma lista ajudaria.

Falaram-me de um filme, de personagens que se utilizaram dessa "técnica" utópica, e que, no final – acredite! –, eles viveram felizes para sempre. Teoricamente é fácil, funciona mais ou menos assim: primeiro faça uma lista "de grandes amigos que eu mais via há dez anos?" Não! Oswaldo Montenegro se indignaria com tamanha ofensa.

A lista, explicaram-me, deverá conter itens que agradam e desagradam, coisas que façam com que eu me afaste e me aproxime das pessoas. São verdadeiros itens de desejos e repulsas. Tudo o que desejaria, ou tudo o que não suportaria em alguém. Em um futuro namorado, por exemplo. Especificamente, há um grande detalhe: a lista só deve ser feita com o coração, e com a cama, vazios. Exigência, essa, que me aborrece de tão fácil.

A paixão, fenômeno natural humano, que dura em torno de dois anos, tem a característica primária de fazer com que as pessoas tolerem coisas que em sã consciência não admitiriam. E, como consequência, a cegueira.

Ou seja, se está na lista como defeito, e o detentor atual de nossa atenção o possui, é melhor sair correndo sem olhar para trás, pois não é a pessoa certa. E é uma questão de tempo até o defeito do outro agigantar-se e incomodar tanto a ponto de ele ser cuspido inteiro de nossa vida.

Como também, se está na lista como qualidade, e o ser humano que nos liga não a possui, é melhor trocar o número do telefone... Não custa lembrar a velha retórica: as pessoas não mudam.

Ainda, a lista há de ser sucinta. E, se bem elaborada, falará do outro, sem dúvida. Mas, sobretudo, revelará em demasia sobre o seu autor... Há quem diga que é infalível, há quem diga que fazer lista de "exigências" é uma bobagem. Mas, sabe como é... O povo fala demais (e se contradiz!).

Por via das dúvidas, eu a fiz. Mergulhei nas minhas entranhas, fiquei horas no meu passado. Risquei, refiz... Deixei dormir dois dias e a revisei. E eis que surgiu a lista das coisas que eu espero não encontrar em você, e das que espero.

A parte ótima dessa experiência? Se um dia acontecer de eu sair correndo da sua presença, desbaratinada, sem rumo e sem dividir a conta, você ao menos saberá por quê...

Item 01. Idade: Acima de 34 anos e abaixo de 44... Ok, até 48 ou, no máximo, 49. E isso se estiver em boa forma física e em plena saúde.

Item 02. Estado Civil: Solteiro ou separado. Nesse último caso, a separação deverá ter ocorrido há mais de um ano – existe um lapso temporal para que a ex-mulher internalize e aceite ser a ex...

Item 03. Filhos: Pode querer tê-los ou não. Assim como não há objeção, caso já tenha filhos (desde que o número de futuros enteados não passe de três).

Item 04. Religião: Cristã.

Item 05. Escolaridade: Formado, graduado. Diploma significa a capacidade de realizar sonhos, terminar projetos.

Item 06. Nível social: Médio. É necessário que tenha uma profissão. Um meio de locomoção próprio. E more sozinho. Ou melhor, que não more com os pais.

Item 07. Hobby: Goste de ler livros.

Item 08. Hábito: Goste de arte e cultura.

Item 09. Talento: Faça sexo bom, criativo e duradouro.

Item 10. Qualidade: Que tenha algum charme e não seja um homem obeso.

Item 11. Atividade física: Pratique qualquer coisa, faça qualquer esporte.

Item 12. Característica: Tenha um ritmo agitado, goste de fazer coisas.

Item 13. Exigência: Não tenha gato em casa.

Item 14. Exigência 2: Não tenha piercing no corpo.

Item 15. Vida: Que esse ser tenha uma trajetória de conquistas.

Item 16. Gosto: Goste de viajar.

Item 17. Vestir: Roupas e sapatos novos.

Item 18. Dom: Que tenha o dom da humildade.

Item 19. Detalhe: Fidelidade. Não há possibilidade de relacionamento aberto, moderno, de chifre qualquer em minha vida.

Item 20. Condição: Que seja tarado por mim.

Não, eu não ando com a lista impressa na bolsa fazendo perguntas aos desconhecidos que me dão bom dia. Adultos não fazem isso!

Eu a gravei no celular... E leio vez ou outra. É como sorrir olhando no espelho. É como desejar um presente valioso. É como acreditar que a vida faz questão de nos dar e, o tempo, de nos atender.

Muitas vezes nossos sonhos não se realizam por merecimento, é só o universo reverberando amor e gratuidade.

"Todo ser que habita esse planeta é tão singular
quanto o universo, feito autêntico e único.
Capacitado com todos os sentimentos
– sendo o mais nobre, o amor".

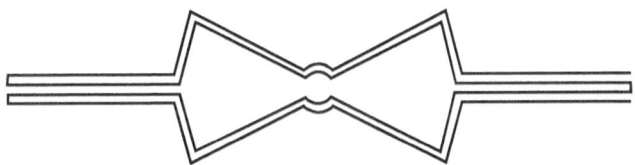

AJUDA

As notícias ruins chegam a toda hora, e vêm de todo lugar. Há várias espécies de guerras acontecendo agora, no mundo, e, com isso, a vida de milhares de civis é tratada como "coisa" descartável. São crianças, meu Deus! Já nas calçadas brasileiras, o assunto é corrupção, medo e crise. Tudo sujo demais.

Mesmo que quiséssemos, não conseguiríamos ficar imunes ao que ouvimos no noticiário e lemos nas manchetes da internet.

No bolso, sentimos a inflação e a queda do poder de compra. Faltam-nos palavras para confortar os amigos que ficam desempregados...

E como se tudo já não fosse ruim o suficiente, a natureza escolheu o corrente ano para se vingar, tomar o que sempre foi dela e nos mostrar quem é, e quem deve ser respeitada...

Não há a necessidade de eu relacionar todos os acontecimentos. Uma rápida busca no Google com o assunto "tragédias naturais, políticas e humanas no Brasil e no mundo" poderá comprovar e rememorar o que, por vezes, esquecemos: há um mundo triste a nossa volta. Há pessoas sem esperança, há ódio e intolerância ganhando espaço e diminuindo a vida.

Deveríamos nós, fazer alguma coisa. Entrar para uma ONG, doar parte do salário para ajudas humanitárias, acolher refugiados, ser voluntários em ações efetivas de combate à fome ou à miséria...

No entanto, nada fazemos. Bem pouco nos comove ou nos motiva a fazer alguma coisa por estranhos, e isso é triste. As desculpas que nosso cérebro maquina são inúmeras: "tenho muito trabalho e pouco tempo", "alguém já faz", "não tenho condições", "talvez um dia, quando eu enriquecer"... Todas são desculpas tolas. Injustificáveis, de certa forma.

Não há escrita, imagem ou relato capaz de nos fazer entender o sofrimento.

Somente quem passa pelo sofrimento o entende e, na maioria das vezes, a partir dessa repercussão negativa em sua vida, percebe que pode, e que sempre pôde, fazer alguma coisa, qualquer coisa... São os pais que perderam os filhos por determinada doença, ou situação, que formam grupos de apoio, ou ONGs; são os injustiçados que fazem passeatas e pequenas revoluções; são os acometidos por catástrofes naturais que buscam por soluções políticas e jurídicas, e assim por diante... Não deveria ser assim, não deveríamos ser assim... Mas somos. É necessário que o inexplicável nos encontre em nossos mundos fechados, com vidros blindados, em condomínios seguros, para só então nos indignarmos. Não é julgamento. Somos pessoas boas, amamos quando nos convém e ajudamos os parentes próximos. Até que um dia, de súbito, na figura de um terremoto, na ameaça de uma guerra ou, na forma de doenças, nos chegam a morte, a dor ou coisa parecida. É necessário que o mal nos toque para, só então, sermos arremessados para fora do lugar-comum de nossos compromissos, de nosso individualismo consumista, de nós mesmos.

Mas, e se ajudar e amar o próximo fossem exercícios diários? E se os fizéssemos a estranhos? Ou sem esperar reconhecimento social? Primeiro, não estaríamos solteiros; segundo, o mundo estaria bem melhor... Mal separamos o lixo, nunca plantamos uma árvore, não doamos um centavo à instituição qualquer, jamais visitamos um hospital... Não gostamos do que vemos no espelho, e achamos que podemos fazer alguém feliz com nosso amor "qualificado"!

Desculpe. Acho que estou sendo dura com você e comigo. Contudo, a vida é dura com tantas pessoas. Acho que podemos aguentar algumas verdades incômodas, vez ou outra.

"Há uma capacidade de amar enorme em você", disse-me, certa vez, uma amiga. Gostaria de replicar ao Destinatário dessa carta, essa afirmação.

Continuava ela: "Preste trabalho voluntário, ajude pessoas, as mais inocentes de preferência, crianças e idosos, ou os animais. O universo identificará em você uma fonte de amor e lhe retribuirá capacitando alguém para ser junto a ti e desfrutar do seu amor...".

Nunca duvide das vantagens de se ter uma amiga mística, e nem de suas soluções para os problemas cotidianos pequenos, como a solteirice. Foi isso que ouvi quando reclamei de estar szinha há muito tempo. Há de se esperar os clichês de sempre, mas ela – danada! – me fez pensar e cá estou a escrever além de mim, além de nós.

Não agendei viagem para trabalhar na Cruz Vermelha, ainda. Mas a reflexão foi plantada, já que há um desconforto quando reparo na minha omissão e a percebo consciente... Afinal, eu posso ajudar! Acho que o termo correto é: "eu tenho que ajudar!".

Possuo uma vida comum, boa e estável. Sou da classe média onde nada falta e com algum custo – valor baixo das parcelas –, os desejos materiais são realizados. Minha cidade não é acometida por catástrofes naturais há anos; disponho de saúde e não houve morte recente na minha família. E, por fim, tenho fé. Embora pareça algo muito sério, e o é, a fé e a religião têm muito mais a ver com amor do que com imposição. A fé vem pelo ouvir, pelo amor dos seus e pelo reconhecimento de pequenos milagres do cotidiano.

Faço parte do povo mais feliz da Terra. Pôr em prática o exercício do voluntariado, fazer doações e ajudar é uma questão de gratidão e aperfeiçoamento humano.

Espero que a sua vida seja também simples e boa, e que ela o inspire a reverberar gratidão.

Amar além dos nossos e além de nós é lugar sagrado, que confesso pouco conhecer. Mas é nesse lugar que quero estar, é nele que quero ser o melhor que eu possa ser. Não há pista melhor de onde eu possa ser encontrada.

"Todo mundo é solitário sempre, e só às vezes,
todo mundo é feliz com alguém".

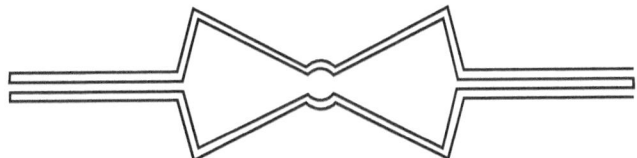

OBSERVAÇÃO

Essas cartas têm um Destinatário certo: homem solteiro comum. Mas, além de ser solteiro, ele tem algum super poder? Possui cavalo branco? Seria, ele, galã de Hollywood - ou da Rede Globo, que seja?! Não! Nada disso! Quando eu falo "comum", quero dizer comum mesmo. Coisa alguma que possa ser identificada de maneira individualizada, nenhuma característica alienígena em demasia. O homem para o qual eu escrevo é fruto do meio, descendente de homens que repetem comportamentos, filho de uma sociedade predominantemente máscula, cujos valores estão em morosa transformação e evolução. Eu o investigo. Faz parte do meu trabalho, analisar a minha inspiração.

Talvez, em uma livraria, a intenção única desse homem seja apenas encontrar um livro; em um mercado, fazer compras; em uma academia, se exercitar... Meu objeto de estudo desse momento é esse sujeito à noite, e as intenções masculinas abaixo do clarão da lua... Essas, tão previsíveis quanto aquelas.

Não os estou julgando, ou classificando. Deixei cair em algum penhasco pelo caminho o preconceito e a prepotência. Eu os estou observando, e isso é divertido.

Para não alongar a minha prosa, partiremos de um número par simpático: número quatro. Número sugestivo, aliás, lembra a posição sexual queridinha dos casais... "Vou te dar de quatro", "vou te pegar de quatro"... Basta "quatro" paredes para ser, a repetição dessas frases, uma constante ao pé do ouvido. Frases, essas, que não são lá muito criativas, além de não possuírem variações linguísticas... Aliás, língua nessa situação é coisa por demais interessante.

Voltemos... Onde eu estava?

Intenções!

Ah, sim...

Na noite, as intenções masculinas transcorrem em escala ascendente e são postas em prática em todo lugar: bar, balada, festas, coquetéis, lounges e micaretas. São desprovidas de qualquer virtude ou bom propósito. Aliás, elas ocorrem para um único propósito: o sexo!

A primeira intenção das quatro é identificar uma mulher bonita no local, com atributos físicos o suficiente que justifiquem o "esforço" das outras três intenções. Comumente, os ambientes noturnos oferecem uma gama generosa de mulheres atraentes. Sutis olhares masculinos de classificação, julgamento e eliminação são utilizados. Há momentos nos quais a opinião de um amigo é solicitada e torna-se decisiva. Além disso, tendo em vista as expressões faciais involuntárias dirigidas ao quadril feminino, é possível prever que a imaginação sexual masculina ajuda na "escolha".

A segunda intenção, após a escolha, e que motiva a saída de homens do aconchego de seus lares, é a aproximação. E para isso, vale um "boa noite" acompanhado de sorriso; oferecer um trinque, acompanhado de sorriso... Ainda, convidá-la para sentar-se, para estar junto a ele. Acompanha esse convite, é claro, um sorriso. Ou, então, solicitar a licença da mulher escolhida para ficar perto dela, e acompanha esse pedido o olhar de cachorro que cai da mudança.

Alguns homens, os mais seguros, usam a técnica de ficarem próximos à presa – digo, da dama –, olham-na fixamente nos olhos e demonstram interesse. Dão, assim, a ela, a "oportunidade" de se aproximar dele e puxar assunto... Mulheres de "sorte"!

Calma, estamos quase no fim, no ápice, no gozo final...

A terceira atitude, que nesse estudo prefiro chamar de intenção, tem a característica de Diálogo de Afirmação, para fazer-se parecer um bom partido, ou revelar o bom partido que é. Existe, por parte do homem, uma fala de encantamento. Essa faz com que a interlocutora se sinta especial. Utiliza-se de quatro a seis elogios nesse diálogo. Sorriso, discrição, beleza, elegância, tanto faz o que se elogia, o importante é que são eles – os elogios – que "abrem os caminhos".

O famoso "notei quando você chegou", ou "eu estava observando você" também valem para iniciar o diálogo. O homem, às vezes, deixa escapar uma qualidade sua espetaculosa nessa situação, é a famosa técnica do "impressionar com discrição"... "Sou o melhor amigo do dono da festa", ou "Viajo amanhã para Dubai", ou ainda, "Meu apartamento é no centro da cidade"... Enfim, nessa hora, os mais sábios não exageram, preferem partir logo a fazer perguntas que possibilitem à moça falar de si. Eles demonstram interesse pelo cotidiano dela, lhe dão a exclusividade de serem ouvidas, enquanto são olhadas nos olhos. É nesse momento, premeditado, que eles decidem se continuam com a escolha feita ou decaem da mesma com alguma desculpa.

Para o caso de permanecerem com a escolha, a noite prossegue como de costume, com drinques, música e conversa... Até que, já na madrugada, após já terem "ficado", entre uma a duas horas antes do fim da festa, é o momento da quarta intenção masculina: o Convite. Ter sucesso nele é quase questão de honra... O tal "Vamos para um lugar mais tranquilo?", também conhecido como "Quer conhecer o meu apartamento?"...

No tempo dos nossos antepassados, a última intenção da noite era, apenas e tão somente, conseguir o número do telefone. Que nem era móvel, diga-se de passagem. A minha formação acadêmica está bem longe da filosófica, ou da sociológica. Motivo pelo qual essa carta não é conclusiva, tampouco "julgativa"; muito menos ela vitimiza as mulheres. Essas, quando dizem "sim" à última intenção masculina, o fazem de forma espontânea. Algumas um tanto "tontas" pelo álcool, é verdade. Mas livres, de toda forma. Isso graças ao estado democrático de direito de nosso país. Está na Constituição, nas entrelinhas: "A liberdade sexual pode ser exercida por todo e qualquer cidadão, na forma da lei, da maneira que melhor lhe convier"...

Então, qual o problema? Não há problema! Há, sim, confusão. Acredito que as pessoas se confundem e não sabem lidar direito com a liberdade sexual que possuem. Usam seus corpos – e os corpos alheios – como forma de entretenimento, sem dimensionar as consequências. E não falo apenas de doenças sexualmente transmissíveis, de gravidez indesejada, de vídeo da sua transa circulando na internet... Não!... Falo de sentimentos. Da dificuldade que é separá-los do prazer, da mistura incerta de amizade com sexo e da expectativa com relação ao outro que uma noite maravilhosa de gozo traz.

A minha experiência pessoal, somada às experiências das mulheres que circundam o meu viver, provam, por A mais B, que é matematicamente impossível a uma mulher sair ilesa de uma transa, de uma noite de amor, de um momento gostoso de conjunção carnal... Arrependimento, sensação de ter sido usada, repentina paixão, dependência química pelo corpo masculino, cegueira emocional... Seja lá o que for, há apenas uma certeza: algum sentimento, derivado da relação sexual, a mulher desenvolverá. Não saber lidar com esse sentimento é o que gera confusão – e nos deixa perdidinhas da Silva!

É um pouco injusto as coisas serem diferente com os homens. Logo com eles, que fazem tudo sempre tão igual, conseguem ter prazer e ausência de sentimentos ao mesmo tempo e evitam, com isso, tantas coisas...

Nossas antecessoras femininas liam "Sabrina", enquanto os pais ensinavam objetividade e racionalidade aos seus garotos. Deve ser esse o ponto.

Estamos em transformação e inevitavelmente evoluiremos. Aprendemos em demasia com a observação, coisa que faço agora. Por isso, haverá um tempo no qual essa carta e seus assuntos sejam julgados antiquados e históricos. Mas, por ora, Elis Regina ainda é contemporânea: "Ainda somos os mesmos e vivemos como os nossos pais"...

ANÁLISE

Tenho por mim que faz já algum tempo, não sei precisar quanto exatamente, que estou a procurá-lo, esperá-lo e tanto mais "á-los" que se possa imaginar. Não sou a única da minha "espécie" nessa situação, e não são poucos o da "espécie" masculina que conheço que também optaram pelos "á-las" da vida. É difícil imaginar como a indústria do casamento sobrevive. A solteirice se prolifera como nunca e sem precedentes históricos. E o comércio dos bares e casas noturnas agradece.

Você está sozinho, envolto na leitura desta carta. Eu estive ausente de companhia para escrevê-la. É claramente provável, e logicamente possível, que a inspiração para escrever para um solteiro venha de um estado civil e emocional de uma remetente também solteira.

Um homem casado, que esteja envolto nos festejos de suas bodas de algodão, julgaria engano do carteiro encontrar em sua caixa de correio, uma correspondência destinada a um solteiro. Talvez, quem sabe, até se dispusesse a lê-la, só por curiosidade...

Pesquisas revelam que dois em cada três casais irão se separar antes de completar dez anos de casados. Caso você, leitor desavisado, esteja casado há mais de dez anos, favor interromper a leitura neste momento e devolver a correspondência ao remetente.

O que quero dizer é que existe uma coincidência, uma espécie de cumplicidade, por estarmos vivendo a mesma situação emocional, a de solteiros. Não classifico essa situação emocional como civil, de forma alguma. Estar solteiro é estar com o coração vazio, sem planos futuros que envolvam uma segunda pessoa. Infelizmente, há uma infinidade de casais que estão juntos, mas têm planos individuas para suas vidas. "O outro está comigo apenas como companhia, mas não tenho com ele, ou com ela, compromisso futuro e envolvimento". Esses são solteiros, com sexo garantido e regular, vistos sempre com alguém, mas, ainda assim, solteiros.

Outro aspecto regular que eu e você vivemos nesse estado emocional é o da solidão. E quando falo em solidão, não me refiro a um quarto com penumbra, envolto por silêncios de quem chora. Cena horrível essa, pelo amor de Deus!

A solidão vivida pelos solteiros é moderna e velada, não encontrada nas fotos que estampam as suas redes sociais. Nós a sentimos, mas não falamos sobre ela e poucas vezes dela reclamamos, pois, para muitos, é um tipo de fraqueza sentir-se só. Às vezes, a solidão enche o saco; em outras, é até divertida. Acredito que o assombro esteja na possibilidade de ela ser eterna e entediante na velhice, principalmente no fim da vida.

Não há como esgueirar-se, o caminho de solteiros que moram sozinhos tem seus percalços, individuais e sociais. Como exemplo, a questão da fome mundial. Dia após dia, dezenas de comidas de solteiros estragam em suas geladeiras, armários e freezers. Para aliviar a consciência – e o bolso –, tentamos comprar apenas pratos pequenos e semiprontos. Também prestamos juramento de apenas nos alimentarmos fora de casa, mas, vira e mexe, o pote de requeijão, o pacote de pão, as frutas e verduras vão direto, quase inteiros, para o lixo. Se até enlatados vencem em nossas despensas, o que será de nós?! E da humanidade?

A solução?! Cozinhar para dois...

Outro "percalço" é não termos com quem dividir o dia a dia. As bobagens, as pequenas conquistas, coisas que ocorrem no trabalho. Ninguém chega em casa e liga para um amigo para dizer que desafiou o chefe, que o fez quebrar a cara. Ninguém pede ajuda para fazer ou carregar as compras. Do cinema ao pneu que fura, nos viramos. Não dividimos "problemas", e são raras as vezes que dependemos dos outros. Se o Capitão América e a Mulher Maravilha existissem, se amedrontariam com o "poder" dos solteiros. Perderiam lugar para nós, com certeza.

Deixe-me adivinhar: seus amigos não guardam dinheiro para uma viagem internacional inesquecível? E os que topariam acompanhá-lo não conseguem férias? Olha que coincidência: as minhas amigas se mostram pessoas inúteis quando o assunto é viagem. Se você já cansou de convidar e vai encarar – ou já encara – o mundo viajando só com uma mochila, saiba, pois, que podemos nos encontrar em um aeroporto americano ou europeu qualquer.

Às vezes, eu penso em pagar um figurante para ter com quem caminhar de manhã, no feriado que cai no meio da semana. Nesses onde os grupos de famílias felizes invadem os parques com cenas capazes de provocar inquietudes. Já nas noites de feriados, sempre há mensagens no celular convidando para tomar um chope em qualquer bar. Mas por mais que a noite possa ser agradável, não anula um dia que foi só, com ausência de conversas. Tem momentos nos quais eu gostaria de dividir pensamentos e opiniões, sobre política e notícias mundiais, com uma pessoa mais instruída que meu porteiro...

E quando a "turma" vai diminuindo? Quando os amigos e amigas vão deixando de aparecer... Deve haver uma cartilha que diga que pessoas que namoram não podem ser amigas de pessoas sem namorado. Deveria ser uma transição normal e calma, afinal é totalmente aceitável que quem namora precise de tempo para dedicar-se ao outro. Mas não. Com raras exceções, os amigos começam a namorar em um dia e no dia seguinte nos "expulsam" de suas vidas. Impedem-nos, claramente, de estar na sua estrutura social. Só saem em casais e nunca mais têm tempo para a turma. No entanto, dizem toda vez que nos veem: "Vamos marcar alguma coisa!". Fato é que as fotos publicadas em suas redes sociais costumam mostrar outra turma, aparentemente mais divertida e maior que a de solteiros na qual nós ainda estamos. Sem falar que há uma invejável disposição deles, enquanto casais, para planejar coisas legais. Parece que foram encarcerados por anos e agora que andam em bando, fazem tudo que nunca fizeram na vida... Rodízio de fondue, tirolesa, rapel, viagens, cruzeiros, jantares e por aí vai... Meus amigos "casais" alugaram uma casa na praia juntos, para passarem o próximo verão. Que fofo! Não, eu não fui convidada...

Não sendo ainda o bastante, qual seria o maior "inimigo" dos solteiros? O inverno, com certeza, é a resposta. Cama gelada e a vontade de não sair de casa pelo frio são golpes baixos dessa estação. Baixíssimos, diga-se de passagem. Até se encontra graça e felicidade em se estar solteiro – ou solteira – no verão. Praia, baladas a beira-mar, esportes na areia e etc. Mas o inverno não favorece, nos obriga a reflexões tipo: "como seria legal ter alguém pra dormir junto hoje!". Sair à noite, na estação mais fria do ano, é quase um sacrifício, que às vezes a gente faz, e mais comumente, não mais fazemos.

Quer saber? Relacionar as benesses e as "malesses" da vida social dos solteiros dá é fome...

A geladeira vazia indica que a ida a um supermercado não pode ser mais adiada. Novamente não encontrarei mecanismos para ajudar a combater a fome mundial. A indústria esquece-se de empacotar alimentos não perecíveis em meio quilo, e de fazer itens com cem gramas para solteiros que não têm para quem cozinhar em um sábado à noite.

"Gostaria que esse texto pudesse sorrir".

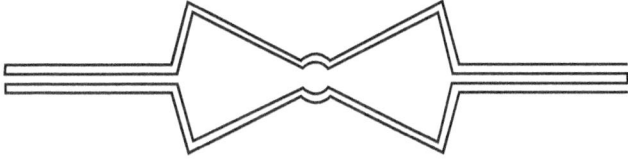

HOMEM

Homem, senhor, tio. Quando alguém o chama, ou o identifica, por qualquer desses termos, isso não lhe soa estranho?

Por algum motivo implícito, os termos que são usados às pessoas com mais idade – ou, para enfeitar, pessoas com mais experiência –, esses, quando dirigidos a nós, não vêm com intuito único de chamamento. Não... Trazem consigo, propositalmente, verdadeiros alertas! A idade "madura" chegou e o tempo passa para nós também. Isso sem falar nas rugas do rosto. Essas, ainda que poucas, são delatoras infames e ingratas, odiosas de verdade.

Talvez porque busque identificação com a jovialidade de ontem, ainda tão presente em você tenho, por certo, que prefere que o chamem de "você", "jovem" ou "rapaz".

Ao longo do dia, imersos que estamos com nossas "coisas" a fazer, um simples esbarrão em um pré-adolescente, que se desculpe com um "foi mal, tio(a), o senhor(a) se machucou?", causa-nos uma reflexão de horas. Melhor seria que aquela "criatura" estivesse com seus fones de ouvidos no "talo" e em alta velocidade no skate, e não parasse para se desculpar "julgando-nos".

Falo sem dificuldades dessa estranheza que é sermos pessoas de meia-idade. Trata-se, pois, de um limite natural. Passei trinta anos da minha vida sendo chamada de "guria", "gata", "moça"... Agora, "de repente", todo garçom que se dirige a mim usa o termo "senhora".

Tento rememorar, mas nada! Não lembro quando foi a última vez que cheguei em casa com o dia amanhecendo por ter dançado a noite inteira, muito menos quando saí para me divertir em dia de semana, sem pensar na tal da dona responsabilidade, com sua voz mal-vinda: "Você tem de acordar cedo!". Acredite, eu já fui trabalhar "direto" da festa, sem dormir, em plena quinta-feira...

Quando mesmo que eu parei de usar minissaia? Há quanto tempo eu não falo mais gírias! Que fase, hein?! Estou "infestada" de amigas com quarenta anos. Ou isso é uma crise existencial, ou eu estou jovem pra ser velha e velha pra ser jovem.

Quando eu era criança, via, ou melhor, julgava, que as pessoas ficavam "velhas" após o casamento. Convenhamos que aliança, marido, filhos, casa e cachorro dão um ar maduro a qualquer menina de 20 anos que se case. Mas, e hoje? Dias modernos, em que ninguém mais se presta, na flor da juventude, a subir ao altar? Qual o divisor que nos separa da mocidade e da vida adulta? Quero saber quando, exatamente, posso ser chamada de tia e aceitar isso!

É difícil!

Talvez eu esteja escrevendo para um "velho" com mania de limpeza, que seja, ao mesmo tempo, um "guri" que ainda joga videogame. Quem sabe o Destinatário dessa carta já tenha cabelos brancos, entradas da calvície, coleção de carros em miniaturas na estante e uma porção desmedida de camisetas coloridas, com estampas divertidas, no guarda-roupa. Tão confuso quanto eu quando o assunto é idade, velhice, termos semelhantes e afins.

O mundo mudou, somos a primeira geração dessa mudança. Estamos em fase de adaptação.

Sinceramente, repetir o clichê que "a idade está na cabeça" e que "só ficamos velhos quando paramos de sonhar" parece solução amena para assunto tão polêmico e particular. Mas, ou é isso, ou é nada! De todo modo, esta semana eu passei em uma perfumaria de produtos importados, adquiri um creme anti-sinais, francês, badaladíssimo – me custou um rim, é verdade. Não obstante, o creme, somado aos clichês dos livros de autoajuda e aos elogios das amigas, dará conta, com certeza, de elevar a minha autoestima.

Acredita que essa doida – a autoestima –, estúpida e covarde, andou me sugerindo que estou velha demais para me apaixonar? Pode isso? Ridícula, sem dúvida! Concordo plenamente com você.

"Não se sabe se está na pele, na curva da coxa, na ponta do queixo, na alma ou no olhar. Mas, está".

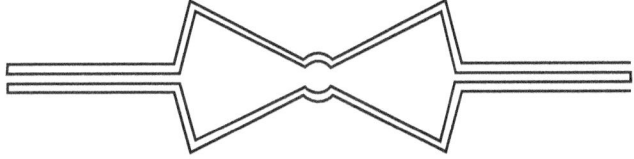

MÚSICA

"Não é fácil não pensar em você
Não é fácil, é estranho
Não te contar meus planos, não te encontrar
Todo dia de manhã, enquanto eu tomo o meu café amargo
É... Ainda boto fé de, um dia, te ter ao meu lado
Na verdade, eu preciso aprender
Não é fácil, não é fácil"

(Marisa Monte)

Amigo (creio que, como tal, posso assim chamá-lo), a intimidade das pessoas que nos querem bem desconhece etiquetas, essas regras que prescrevem comportamentos, ditos como adequados, e demais formalidades. Entre abrir nossa geladeira e nos pedir dinheiro emprestado, o que de melhor, e mais saudável, nos fazem as pessoas mais chegadas é nos aconselhar. De poucas censuras, as palavras aconselhadoras saídas da boca de um amigo nos alcançam o ouvido com a intenção única de ajudar.

Meu caro, a poesia de Marisa Monte é conselho a você. Não, não é fácil encontrar o coração – entenda-se o amor – de uma mulher, por mais que ele queira ser encontrado. Sutileza dúbia, essa, e um tanto estranha, eu sei. Mas é coisa que você precisa saber. Isso, se a vida já não o ensinou... Não há facilidades quando o assunto é conquistar a mulher certa.

Mulher solteira, na casa dos trinta? Ao menos por duas vezes, durante a vida, ela já foi enganada, ou já esteve no lugar da "outra", sendo a segunda opção de um homem, sem o prévio consentimento. Falo de mulheres crescidas, que amadureceram enquanto juntavam os cacos de seus corações dilacerados. Falo das olheiras, de tanto chorar, disfarçadas com maquiagem; falo das marcas no rosto; das ofensas covardes na alma; falo de hematomas roxos no corpo... Enfim, desses assuntos que ninguém fala, pois é melhor esquecer.

Em dito popular, a mulher moderna já está "calejada". As decepções amorosas fizeram-na desacreditada de que possa mesmo existir alguém que dê valor a sua pessoa, aos seus sentimentos e a sua história.

Se pudessem prever as ações alheias e os sofrimentos futuros, elas deixariam entrar e permanecer em suas vidas apenas aqueles homens que agregassem valor e lhe ofertassem proteção. Pois, para crescer, o amor necessita de segurança.

Mulheres que me cercam, que em seus braços cresci. Mulheres que a vida fez "esbarrarem" em mim e o tempo permitiu que ficassem. São amigas, colegas e parentes; todas audaciosas e fortes. Mas carregam em suas sombras, os espectros de frustrações amorosas. Os conselhos delas, sempre os mesmos, encontram a minha reflexão, que nunca é a mesma... "Não acredite nos homens", "eles são todos iguais", "veja o que aconteceu comigo", dizem elas, em tom confidencial. Não gritam às esquinas que "quebraram a cara". Ao contrário, olham nos olhos, como quem procura consolo, e falam de suas dolorosas experiências e amarguras. Querem, com isso, alertar, proteger, evitar, de todo modo, que a história se repita. Há uma irmandade entre nós, mulheres, sem falar da teoria do exemplo. As experiências particulares compartilhadas não evitam o sofrer, é verdade. A mulher é enganada, subjugada e sofre com (ou por) homem desde que o mundo é mundo. Mas é inegável que ganhamos alguma expertise com os acontecimentos próximos e, sobretudo, com as experiências próprias.

Tudo isso apenas para explicar, caro Destinatário, o porquê de as mulheres não ligarem primeiro, não atenderem ou retornarem os telefonemas. Mulheres não aceitam serem prometidas em casamento pelo pai, na mesma proporção que não aceitam cantadas "batidas" ou desajeitadas. Tornamo-nos "peritas", com resistência natural à cortesia e galanteios masculinos. Pré-julgamos, de imediato, segundas, terceiras e quartas intenções neles. Fazemos de conta que não conhecemos os discursos e as atitudes dos homens, comumente repetidas, em todo "santo bar" e em toda "santa balada" existente sobre a face da Terra. Traçamos o perfil do cara pelo nível de exibição na rede social e cumulamos uma dúzia de defeitos em trinta minutos de conversa. E ainda assim, e acima de tudo isso, acredite, somos seres encantadas... No fundo, bem no fundo, quase achando petróleo, acreditamos no amor e estamos aptas a nos apaixonar. A evolução da espécie dos deixou ariscas e desconfiadas, nos tornou gatas, felinas, no sentido amplo da palavra. É só isso! Foi assim que aconteceu.

Quanto a mim? Sou fruto do meio. De maneira alguma caí longe do pé, ou dos pés. Há muita mulher em minha vida. Elas chegaram antes de você e já me advertiram sobre as intempéries masculinas, explicaram tudo o que eu precisava saber, e quando nelas eu não acreditei, "quebrei a cara" por mérito próprio.

Quanto a nós? Existirá "nós" em breve. Mas é preciso que você insista e não desista (não confunda, por favor, a ordem da frase). Haverá companhia para o seu futuro se você passar pela trincheira da conquista feminina e ganhar território no campo da confiança.

Escute: valerá à pena! Não vá embora ao terceiro "não". Considere o valor da amizade, se essa lhe for ofertada. É necessário um pouco de tempo para desarmar um coração ferido. Não é sobre ter todas, sobre as companhias que o dinheiro e o status podem atrair. Não é a respeito de uma noite, ou qualquer aventura. É sobre repetidos "bom dia!".

AMIZADE

Eu não quero a sua amizade.

Não quero apenas a sua amizade.

Não suportaria estar na sua vida como convidada, seja para um jantar ou para a cerimônia de seu casamento.

É necessário que eu seja um pouco mais clara? Eu quero fazer o jantar, eu quero ser a noiva!

Não me apetece a possibilidade de observar a sua vida com outra pessoa de longe e desejar, amargamente, que fosse a nossa vida juntos.

Não me agradará conhecer seus filhos e imaginar que poderiam ser os meus.

O que eu sinto por você é sincero e precioso, eu não aceitarei ser apenas mais um dos seus contatos femininos. Desses que possibilitam sexo sem compromisso, dos quais a sua agenda já está lotada.

O motivo de eu não aceitar esse "jogo" e dispensar a sua amizade? É que você pode me dar mais que isso, embora tenha medo.

Sabe aquela sua pífia convicção de ser um eterno solteiro? Não convence ninguém, nem a você mesmo.

Eu me decidi por você! Agora, mocinho, é você quem tem que se decidir... Eu te zelo, te cuido em oração, aceito seus defeitos e me encanto até com seu meio sorriso.

Sabe a coisa mais sagrada, e por vezes rara, que se pode encontrar em uma mulher madura? A capacidade de amar... Isso porque ela não aprendeu sobre o amor em livros, tampouco em telenovelas. A vida a ensinou com um método nada didático e sem balizas, sobre os sentimentos e as frustrações.

Essa mulher que o destino lhe pôs no caminho só agora. Ela que, enquanto tentava ser, na vida, mais do que a sua mãe, dona-de-casa e submissa, o foi. Aprendeu, por erro e tentativa, escolhas e consequências, sobre o amor. Se ela tiver por você um sentimento sincero, sorria meu caro, porque você está sendo muito bem amado.

Seria honroso jogar limpo com ela. Gosta ou não gosta? Assume ou não assume? Ao menos tente!

"Enrolar" quem o estime de verdade com a uma pseudo-amizade, convenhamos, não é muito nobre.

Deixe eu te explicar uma coisa, uma única coisa: dói muito ser amiga de quem se ama! É uma dor que se disfarça, a princípio, de contentamento. Contentamento pela proximidade, pela atenção, que a amizade propõe.

A amizade se torna, pois, um veneno. É a esperança de quem ama; uma migalha miserável! Oferecer isso para quem está na fila, aguardando por nosso coração, é tirânico. Não façamos isso. Não faça isso.

Sejamos sinceros.

Eu, ao menos, estou sendo.

Prefiro alçar novos horizontes em vôos solitários do que ficar, pois migalhas, querido, migalhas não saciam.

"Não é por um motivo, ou por apenas um detalhe.
Eu me apaixono por você inteiro".

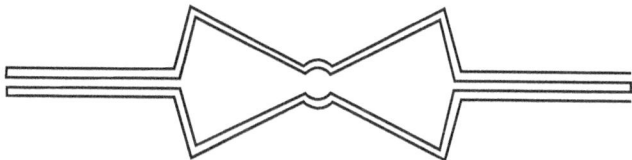

BELEZA

A minha beleza física, para você, é relevante?

Temos, então, a mesma resposta...

Eu não preciso vê-lo, ouvi-lo, sentir seu toque e inspirar seu cheiro para crer no poder e na satisfação que sua companhia propõe. As suas qualidades existem e em nada dependem de mim para serem, ou, estarem. Você é!

Dá-se o nome de fé ao pensamento que acredita em algo, ou em alguém, cuja existência não se possa comprovar. De todos os sentimentos, ambíguos, simplórios ou heróicos que podemos nutrir para com uma pessoa, a fé parece o mais inusitado, e um tanto impróprio, do ponto de vista dogmático.

Eu tenho fé em você. Acredito na sua beleza. Preciso de você para questões diversas que vão do prazer à revisão do carro. Espero por você, sim, mas devo salientar que essa espera não se dá em um sarcófago. Tenho pressa, mas é dessas pressas sem atropelos, própria de quem confia.

Penso na sua beleza máscula de forma clara, e tantas outras vezes, eu penso em outras belezas da sua personalidade de forma subliminar.

Enquanto escrevo sobre o seu corpo, traços que expressam desejos renovam a minha face. Há pensamentos livres e excitantes que se concentram em você, nesse momento. As salivas se multiplicam em todo o meu corpo. O tempo parou nessa tarde interiorana para me ouvir falar em você.

A sanidade é formal e broxante. Previsível.

Apaixonar-se pelo minúsculo traço de "loucura" existente nas pessoas é considerar belos outros ângulos.

Beleza, fé, sexo, corpo, loucura e revisão do carro. Talvez você esteja confuso. Talvez essa seja a intenção.

O amor não é previsível.

O PEDIDO

Há poucos dias foi o meu aniversário. O que precedeu a data: reflexão com relação às conquistas, passadas e futuras, e uma autoanálise corporal, sem piedade alguma, em frente ao espelho.

Não é que eu devesse talvez, um dia, emagrecer... Eu tenho que emagrecer! E que se dane o valor exorbitante do tratamento de pele prescrito pela dermatologista.

Em breve, será o seu aniversário e deve haver, também, de sua parte, um balanço, menos dramático e mais indulgente que o feito por mim a mim mesma.

"A vida não para e o tempo é curto"... Isso é sabido, mas é como se a maturidade pesasse a cada ano, mais e mais, o significado individual dessas palavras.

De todo modo, a minha opção anual é comemorar. Aniversário é desculpa válida para fazer festa e convidar os amigos para estarem perto. Esses, que sempre aparecem com um sorriso extenso, bom humor e presentes.

Um adendo.

Presente é uma das linguagens do amor identificada na Psicologia, e quase todo mundo sabe disso. Há dezenas de literaturas a respeito. Trata-se, originalmente, de cinco linguagens: presente, tempo de qualidade, atos de serviço, toque físico e palavras de afirmação. As pessoas, intuitivamente, percebem o amor e o demonstram em uma das linguagens. O assunto é muito interessante, pois cada um fala uma "língua" diferente e, muitas vezes, não conseguimos entender o que o outro quer "dizer". No que se refere a relacionamentos, saber a linguagem do amor do outro é fundamental e, tecnicamente, é a base para que ele dure.

A minha linguagem é presentes. Talvez isso explique a minha empolgação quando o assunto é aniversário. E, sim, essa frase é uma pista. Não pense no prejuízo financeiro que a minha linguagem pode lhe causar. Pois se trata de um aspecto recíproco... Sabe aquela "louca", parada em frente a uma loja de grife, de alta-costura masculina? Sou eu, pensando nos presentes que comprarei para você, caso, quem sabe, um dia, a gente se conheça... Isso não acontece sempre, não se preocupe, eu sou normal. Só estou lhe falando da minha linguagem para que nunca, nunquinha mesmo, você chegue de mãos vazias ao meu aniversário. E ainda, saiba como pedir desculpas...

Voltemos para o aniversário. Ao findar da melodia "Parabéns pra você", uma voz gritou do fundo: "Faça um pedido!"...

Eu não havia pensado em nada por antecipação. Tratava-se de uma festa grande e estava, eu, a tarde toda envolta a me preocupar com o horário, a chegada do bolo e com a decoração do local.

Mal havia terminado de me arrumar e os convidados começaram a chegar. Muito riso, música e bebidas. E eu, apreensiva com tudo, atendendo ao telefone, falando com o garçom, dividindo a atenção... Tudo isso até a hora de cortar o bolo.

O "Parabéns pra você" é a hora na festa em que uma voz interior nos diz: "Deu tudo certo! Sorria tranquila, é o seu aniversário!". Antes de apagar as velas eu fiz o meu pedido, ele veio de susto, atendendo a amiga que sugeriu que eu o fizesse. Eu tinha pouco tempo, e ainda mais com todos me olhando, com os celulares a bater fotos. Poderia ter pedido inúmeras coisas palpáveis, materiais ou imediatistas. Mas não, naqueles poucos segundos, eu pensei em você, no Destinatário dessa carta, sobre o qual eu muito sei, e por quem eu guardo imenso benquerer.

Não falarei qual foi o meu pedido. Reza a lenda que se o revelarmos, ele não se realiza. Melhor, então, não arriscar. Embora não seja difícil imaginar que o que eu mais quero na vida esteja relacionado a você.

Por hora, eu não posso, mas algo me diz que em breve eu poderei escrever a respeito do ilimitado presente, que é ter um pedido de aniversário realizado.

LAÇOS E ILHAS

De todos os clichês oriundos da tradição oral mundial, encontramos um que é "agulhante": os amigos são a família que o coração escolhe!

É preciso tato e compreensão para discorrer sobre a amizade, sobre os nossos amigos enquanto pessoas que são; e muito mais tato – e paciência! – nos são necessários para tocar no assunto família, essa ilha social que é fruto – e causa – de sentimentos dúbios, impasses e soluções.

Se ficarmos perdidos em uma ilha deserta oceânica, nossa salvação dependerá de um meio de locomoção qualquer, desde que eficiente. Já, no que tange à família, "salvar-se" ou "desvencilhar-se" dessa ilha é coisa que podemos ser incapazes. Há laços de sangue e de história abstratos que nos ligarão para sempre a tal ilha. Muitas vezes esses laços nos mantêm "presos" em suas imediações.

De todo o mais que penso sobre a instituição divina da família, foi dentro da minha que encontrei o maior número de referências, limitações e significados possíveis. Mas hoje, nessa tarde pacífica de silêncios, a curiosidade recaiu sobre a família do leitor desta carta. Sim, claro. Por que eu não pensaria nela? Estou aqui há algum tempo a enamorá-lo, hei de preocupar-me também com a ilha de onde você veio, ou na qual ainda está...

De antemão aviso-o, caro Destinatário, que a expectativa é grande. Desejosa estou de encontrar um número considerável de parentes seus que me queiram bem, que estejam bem. A maquinação do meu pensar a seu respeito é interessante: "Será que ele tem filhos?"... "E sobrinhos?"... "Quantos serão?"... "Gastarei muito com presentes de Natal?"... "Dizem que as mães têm ciúmes e não se dão bem com as namoradas dos filhos... Passarei por isso?"... "Será que ele é filho único?"... "Será que convive com o pai?"... "Os avós estarão vivos, enchendo-o de conselhos?"...

Já no que tange a minha família, essa não é, assim, tão harmônica. Uma ilha com poucos furacões, eu diria. Desenvolvi uma teoria particular sobre proteger-se de parentes chamada "Nunca dependa deles pra nada". Demorou anos para que eu desenvolvesse essa tese e provasse a sua eficácia. Sem qualquer erro, ela funciona muito bem, pois quando entre parentes e familiares existe qualquer dever de retribuição, o outro ganha o direito de cobrar-lhe, de maneira gentil – ou não! – qualquer favor ou ajuda anteriormente prestada. Uma espécie de laço "perigoso" é criado entre as partes. Uma vez que já existe o laço de sangue, que nos une a pessoas que não escolhemos, evidente que outros laços, ainda mais os perigosos, tornam-se, cabalmente, dispensáveis.

Mas me diga lá como é a sua família! Fale-me da sua história de guri, de tudo o que seus parentes fizeram e deixaram de fazer por você. Explique-me como eu deverei conquistá-los.

Existe uma mística que norteia a conquista dos sogros. Eu já li a respeito. É algo do tipo: manter a postura, fazer um elogio sincero e perguntar de coisas que eles gostem de falar... Funciona com esses, e com quase todo mundo.

Dentro do cotidiano de toda família encontramos os problemas, geralmente fabricados pelos parentes imaturos, e os momentos encantados: nascimentos e casamentos. Além das sistemáticas difíceis, como doenças, falecimentos e desentendimentos; situações que nos afetam e nos influenciam. Ou seja, nunca será apenas sobre eu e você. Será sobre nós e nossas famílias. Estaremos juntos e saberemos o que fazer, como ajudar e quando, deles, nos distanciarmos. Saber amar é saber deixar alguém – com sua família perfeita e imperfeita – amar-nos.

Comecei a carta falando de amizade e gostaria de terminá-la também do mesmo modo... Certa vez, em uma palestra que assistia, foi sugerido aos casais presentes para que cada um pensasse em seu melhor amigo ou amiga. Aquele, ou aquela, para o qual contariam primeiro sobre um problema, pediriam dinheiro emprestado, sairiam para beber e desabafar, para o qual noticiariam sobre uma promoção no trabalho, por exemplo... "Agora, dizia o palestrante, eu quero que vocês escrevam o nome deste melhor amigo ou amiga no bloco de anotações. Ok. Muito bem... Leiam o que escreveram no bloco, por favor. Se não estiver o nome de sua esposa ou marido, de sua namorada ou namorado, de seu companheiro ou companheira no bloco, há algum problema, pois quando se ama uma pessoa, necessariamente ela passa a ser seu melhor amigo; quando você ama alguém ao ponto de com ele dividir a própria vida, eis que esse é o cume que a amizade alcança".

Quero dizer-lhe que eu serei a sua melhor amiga, que trago junto a mim alguns laços e que sou a pessoa ideal, especializada em arquitetura de ilhas, caso queira, comigo, construir uma.

"Seu sorriso tem a música do mar com ondas mansas; em seu toque eu me afogo, no seu 'bom dia' eu ressuscito".

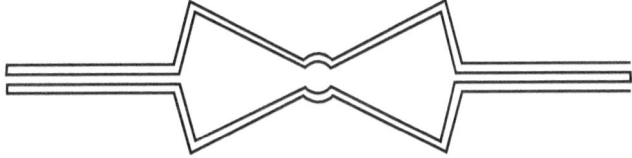

DOMINGO

Ignoro o relógio, digo às horas quem é que manda (breve triunfo sarcástico de quem não tem com quem brigar).

Dia propício para investigar silêncios, os próprios silêncios...

O tempo está cinza, chuvoso e desinteressante, não bastasse ser o pior dia da semana. O domingo, por vezes, é degradante.

Mesmo quando o domingo é bom, coisa que ocorre ocasionalmente, soa dele um alarme que o torna colérico: "Amanhã, segunda-feira, o cartão ponto deverá ser batido. A rotina terá que ser tolerada para garantir seu bom salário!". Pessoas que, por uma infinidade de motivos, trabalham no que não gostam, são as únicas que ouvem esse alarme.

Não obstante, a divagação sobre os meus silêncios fora inconclusiva. Restou claro que, no que diz respeito aos domingos, esses existem para serem entediantes, pois o tédio é necessário ao descanso. Há pessoas que os enchem de coisas, compromissos e atividades, tudo para serem felizes.

A felicidade, por alguma razão, está ligada ao movimento. As pessoas, de um modo geral, não conseguem associar a felicidade ao ócio, ao pensar e ao não fazer nada.

Da janela observei uma gorda andando sozinha de patins – alguém deveria dizer aos gordos que patins não emagrecem; um ciclista pedalando sozinho – alguém deveria dizer aos ciclistas que as bermudas coladas desse esporte não os deixam atraentes e seus capacetes inibem qualquer fantasia sexual; e, por fim, uma velha, com jeito de viúva, a passear sozinha com seu gato – alguém deveria dizer aos velhos que os bailes da terceira idade nos domingos à tarde são, para eles, a última chance de transar na vida...

Quanto a mim? O que eu fiz hoje? Respirei.

Fiquei mais do que deveria na cama, enrolei-me com o fazer das refeições e, ao contrário da gorda, do ciclista e da velha, não programei nenhuma atividade física-feliz-solitária.

Estamos nos conhecendo por meio dessas cartas, não sei se revelações são bem-vindas nessa fase do relacionamento. Eu não gosto de gatos e não sei andar de bicicleta ou de patins. Aliás, não sei manusear ou manter o equilíbrio em qualquer outro meio de locomoção que não seja um carro popular, de aquisição financiada.

"Revelações Dominicais", assim deveriam se chamar esses escritos.

Quem diria que os trinta e poucos anos seriam capazes de trazer sabedoria e certa poesia para um dia como o de hoje. Domingo nublado, ausência de disposição e criatividade, dia propício para observar o lado contrário do movimento. E concluir que ser feliz no domingo dá trabalho! Trabalho que só por hoje eu não quero ter... Não quero ligar ou mandar mensagem a quem quer que seja; me nego a programar uma visita, um esporte, fazer compras ou passeio; não quero ser presença em aniversário infantil – Deus me livre! –, muito menos ir a um café ou ao cinema. Prefiro passar fome a entrar, hoje, em um supermercado.

Aposto que você também tem desses dias. Isso, se não for hoje o seu dia de passar ele inteiro no sofá, com meias horrorosas nos pés.

Posso lhe fazer companhia?!

Não seja tão rápido para responder. Permita que lhe fale uma coisa: amar dá mais trabalho que ser feliz no domingo.

"O amor pode nos encontrar em qualquer momento.
Ele admite todo o tipo de precariedade,
busca o melhor nas pessoas, salva-as, as faz feliz".

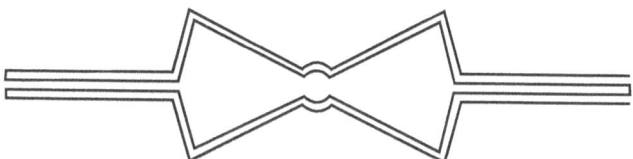

CORES

Costumeiramente, a sociedade mais fala do amor, da felicidade e da solidariedade, entre outros sentimentos cândidos, do que os pratica. Coincidentemente, ouvi e li sobremaneira a respeito da felicidade nos últimos dias. Há inúmeras teorias, dúzias de exemplos, mas nenhuma receita exata de como ser feliz.

Em meio a esse assunto e dentro dos pensamentos que me sobrevêm, um questionamento é inevitável: você está feliz? Ou, antes e melhor que isso: você, homem que me inspira, Destinatário das minhas cartas, ser que sorri e me instiga, é uma pessoa feliz?

Sem perguntas complicadas, quero saber se você está em paz consigo, com os seus, com o mundo que o cerca e com Deus – seja qual for a sua concepção d'Ele. Indago se você trabalha para adquirir tão somente bens, ou se há, também, esforços na sua trajetória para melhorar o seu interior.

Se as respostas forem positivas, minhas expectativas foram saciadas.

Por muito, a vida se mostra dura, complicada, prazerosa e divertida, tudo ao mesmo tempo. Creio que com você também seja assim. Se vivemos essa dualidade e, ao final, nos é deixado um saldo positivo, somos, por fim, pessoas felizes.

Nesse nanico ensaio sobre a felicidade, não deixarei de lado a reflexão sobre as pessoas que se bastam por si só e vivem, consequentemente, uma vida solitária. Inevitavelmente essas pessoas, com seu inglês fluente, suas academias de elite, suas viagens internacionais e suas camas vazias, se justificariam alegando que "se já sou feliz sozinha por que precisaria de outra pessoa?".

Não precisa! Essa seria a minha resposta e o começo da questão...

A felicidade não depende de encontrar um "outro". Aliás, o maior erro que uma pessoa pode cometer é fazer com que a sua felicidade dependa de algo – ou alguém – que possa perder; ou, como no nosso caso, de alguém que ela possa não encontrar...

Então, qual seria o sentido? Por que há em nós a esperança, de bem lá no fundo, ter alguém que nos entenda, nos respeite, uma pessoa na qual possamos confiar e com a qual dividir as coisas na vida?

A resposta exata é: unicamente para colorir o nosso viver. Amar é o sentimento mais sublime que Deus nos permitiu viver e experimentar. E desejamos – ao menos eu! – exercitar esse sentimento ao máximo. Amamos mãe, carro, filhos, cachorro, avós, trabalho, amigos, esportes e nosso smartphone, e quanto mais compartilhamos, recebendo e doando esse sentimento, tudo fica com mais brilho, mais riso, com mais diversão. É uma cor linda que esse tal de amor possui.

Os sentimentos bons compartilhados e vividos são as principais fontes de tinta na vida.

Já não nos basta uma caixa da Faber Castel com 36 cores. Agora que já sairmos da quarta série, almejamos uma vida feliz e colorida de verdade, com tudo o que temos direito e mais borboletas no estômago, que os apaixonados costumam dizer que têm.

A imagem de um casal de sessenta anos de mãos dadas na praia, cabelos brancos, sorriso fácil e de histórias mil de seus netos e de como a vida não fora fácil, tem muita cor! E isso não se pode perder, ficará na história dos seus. Um amor que resiste aos anos, que forma família, que se cansa de tanto ser exercitado e, multiplicado, reverbera... É uma ostentação de fazer inveja a qualquer milionário solitário e esquecido em um asilo de luxo. Não é que as pessoas que optam por uma vida só e terminam sua vida sem família em lares de idosos não foram felizes. Só não tiveram uma vida tão colorida, em comparação aos genitores de grandes famílias. Entende?!

Existe algo de limitador nas relações, chama-se convencimento. Não posso convencê-lo do que a vida me ensina. Muito menos convencê-lo a ficar. Somos como pássaro e borboleta, independentes e felizes. Por ora, voamos sós.

Haverá cor em demasia em nossa vida e em nossa história, se optarmos, voluntariamente, por pousar e vivermos juntos em um mesmo jardim, em uma praia, ou na cobertura de um edifício na capital.

"Quero lhe conquistar sem alardes,
saturar em você feições de um homem realizado".

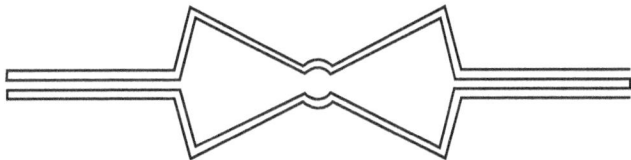

IDEAL

À medida que recebe e lê essas cartas, uma dúvida deve acometê-lo. Bem provável que ela venha se apoderar de seus pensamentos toda vez que termina a leitura, dobra a folha e a coloca na caixa junto com todas as outras cartas. Ou será que deixa a carta aberta? Isso! É claro! O destino dos meus escritos só pode ser seu criado-mudo! Com as folhas sem dobra alguma, para caberem todas na diminuta gaveta que, por hora, é a depositária de nossa "aventura" – que não tardará a acontecer.

Mas eu falava da dúvida... Essa que você bem sabe que sente. Permita-me que eu a caracterize em duas simplórias perguntas: "Será que essa doida que me escreve existe, mesmo?"... "E se existe, será que é a mulher da minha vida?"... "Tudo aquilo que eu quero e espero de uma mulher está mesmo nela?"... "Será que a remetente dessas cartas não está mentindo?"...

Ok, foram quatro perguntas exemplificativas... Mas é que você anda muito questionador ultimamente... Esqueça o argumento "é mulher demais pra mim" ou "eu não mereço uma mulher assim". Deveria confiar mais no seu taco. Bom... Eu, ao menos, confio nele!

Enfim, o melhor que tenho a fazer é detalhar mais sobre mim para que você acredite. Isso se não desistir de me encontrar e comprar um cachorro.

Se sou boa pessoa? Sim, coração meio mole e meio rígido. No melhor estilo: barra de chocolate meio amargo. Não são esses os melhores chocolates?

Bonita? Sim, digamos que eu faça o seu tipo. Contudo, para ser extremamente sincera, sou mais gostosa que bonita, e isso é relevante.

Boa de cama? Quase uma puta, e creio que isso também seja relevante...

Se eu sou sociável? Bem, tirando o fato de eu não saber contar piadas, sou muito afável e agradável. Você terá orgulho de me apresentar aos seus sócios e familiares.

Rapaz, você está com sorte. É uma mulher inteligente que escreve para você. Ela fala um segundo idioma, possui algumas viagens no currículo e um mestrado. São noites intermináveis de conversas que o esperam.

Não é rica, pois há nocividade, em parte, em sê-lo. Mas tem um teto, um carro e uma carreira; poder-se-ia dizer que ela tem tudo. E eu digo:

"Tenho sim, por isso sou feliz, a vida me foi favorável!". Há um sorriso fácil em meu rosto nos domingos de manhã quando saio pra correr. Quem passa por mim acredita que a música dos fones é divertida. Não carrego a fachada de uma pretensa perfeição. Não é isso, mas vejo graça em coisa pequena, na saúde que tenho, na pessoa que me tornei. Sei lá, é como se houvesse música em todo lugar, entende?

Farei da sua família a minha. E se a pergunta for "filhos?", eu direi "Sim!".

Tenho fé em Deus.

Tenho fé no homem.

Tenha alguma fé em mim, nessa mulher adjetivada que apresento nua a você. Em nada exagerei. Ainda, e para completar, há coisas boas que você deve saber: sou atenta a detalhes, tenho costume de cuidar das pessoas, sou avessa a mentiras e totalmente adepta de realizar fantasias sexuais – as suas e as minhas.

Sou ótima dona de casa, no sentido moderno do termo. Pago a diarista e levo as roupas para a lavanderia; compro excelentes pratos semiprontos de comida, também. Cuidando da casa desse modo, sobrará mais tempo para fazermos nada quando estivermos juntos.

Livros, fotos, filmes, jogos, arte ou esporte. É necessário, como respirar, que as pessoas tenham seus hobbies individuais. Você está diante da maior respeitadora de hobbies do planeta. No melhor estilo "seu espaço, meu espaço, é igual a nós dois felizes".

O que habita na mulher que lhe escreve não é a passividade, ou a subordinação servil. Ao contrário, ela tem iniciativa, lhe quer bem, é confiável, engraçada; nela você poderá confiar, seja para conquistar sonhos, seja para dividir problemas.

Será como gozar com a melhor amiga, andar de moto com uma parceira louca e jogar xadrez com a sócia.

Destinatário, nem ouse duvidar da minha existência, não ria nem por um segundo. Muito menos julgue que essa carta tem a intenção de agradá-lo. Eu não preciso disso.

Sou mais palpável do que qualquer realidade que seus olhos possam ver. Seu coração é quem sabe disso, será ele quem me identificará, seja qual for a situação... Quando eu estiver dobrando a esquina, na fila do banco, quando eu for apresentada a você ou estiver escolhendo livros em frente a uma estante. Seja no supermercado, no trânsito ou na praça de alimentação, seu coração me flagrará e haverá, nele, contentamento.

Quando acontecer, aproxime-se, olhe-me nos olhos. Sorria. Aos poucos, você identificará, em mim, todas as qualidades que descrevi nessa carta, exceto por três delas...

Ter em minha pessoa tudo o que você procura em uma mulher, e ser completamente quem você espera encontrar, me faria ser perfeita e, consequentemente, inacessível!

Sou feliz e meu comprometimento reside em dividir com você a vida, a cama, seis gavetas, meus livros e algumas dívidas. Para que isso dê certo, será preciso que você considere a minha humanidade e a minha pequenez. Eu devo ter, no mínimo, três defeitos, ou manias, que você não suporta. Qualquer coisa inadmissível que você vive a gritar aos ventos: "Isso eu não admitiria".

Infelizmente – ou felizmente! –, os ventos escutam e se vingam.

Não temos mais idade para mudar, teremos que nos aceitar como somos, assim, humanos.

Acredite, dará muito certo.

Não temos mais tempo a perder.

"O amor que nascer na simplicidade e se fortalecer na amizade, se mostrará belo, com requintes de eternidade".

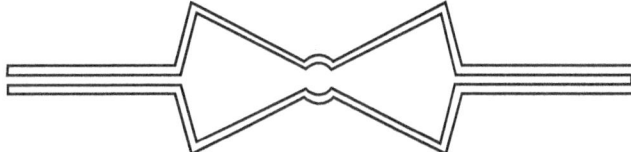

12 DE JUNHO

A data mais romântica do país é 12 de junho. Nesse dia, até os corações mais gélidos se convertem a um ursinho de pelúcia com laço no pescoço, seguido da frase "Eu te amo". Sobra amor nas vitrines, nos restaurantes e nas ruas.

Depois de tantos anos sem comemorar essa data, por motivos óbvios, ela já não me incomoda. O vermelho causa certa poluição visual, é verdade... Mas, nenhum sintoma de "depressão de véspera" tira mais o meu bom humor.

Destinatário, eu daria um "tostão" para saber o que se passa na sua cabeça no Dia dos Namorados... Será que conta vantagem por não precisar gastar com presentes? Ou evita sair à noite, pois os bares cheios de casais felizes causam desconforto? Quem sabe se imagina, nem que seja por alguns segundos, sendo o namorado de alguém nesse dia? Adoraria te ligar agora para satisfazer a minha curiosidade. Nunca um homem solteiro me disse, sinceramente, o que sente no dia 12 de junho.

Volto para a casa a pé. O céu estrelado deixa a noite clara e agradável por si só. Tudo para ajudar os cupidos, que hoje trabalharão em turno estendido...

Não é porque eu não estou apaixonada que não sinto fome. Procurei uma lanchonete simplória para o jantar. Por mais que eu seja madura, seria uma tortura entrar em um restaurante, sozinha, na noite de hoje...

Enquanto espero pelo lanche, observo o único casal cliente que chega ao local. Talvez ele esteja desempregado, sem condições para levá-la a um restaurante. Aparentam ter, os dois, não mais que vinte anos. Não demonstram ter muita intimidade. Será que são namorados? Espera! Ele puxou a cadeira de plástico para ela se sentar... Ai, meu Deus, é o primeiro encontro dos dois! Que fofo!

Alguém deveria escrever sobre o futuro casal...

"Ele a buscou em casa com o carro do pai. A novidade de estarem a sós pela primeira vez, fez com que não parassem de conversar sobre as amenidades de seus cotidianos, e sequer tocavam nos celulares. Pareciam aqueles amigos que se conhecem há anos, desses que trocam conselhos e experiências.

Não estava necessariamente no que ela falava, mas em como falava. Seu sotaque esquecido e seu sorriso entre as histórias do segundo grau, a postura, a educação, seu jeito, a ponta do queixo, seu olhar que o ouvia com atenção...".

Meu lanche para viagem ficou pronto. Vou embora da lanchonete. Antes de passar a porta retorno a atenção e a imaginação para o adolescente casal... Vejo a cena de um homem que se apaixona pela primeira vez... Paro e penso: "Ele não tem consciência do que está acontecendo, que dirá imagina o sofrimento que irá colocá-lo à prova". O primeiro amor juvenil, que hoje os encontrou na simplicidade da mesa posta de um lugar comum, nunca é eterno – embora seja válido.

Os céus estão atentos e os farão "ficar" nessa noite. Coisas de cupido que procura promoção a arcanjo...

Antes de chegar em casa, observo com indulgência, e certo divertimento, os clientes de mais dois restaurantes cheios, que fazem parte do meu caminho. São homens inundados de sentimentos e mulheres amadas, casais que se enamoram e se perdoam motivados por uma data. Penso que deveria fazer uma canção, porém, declino da ideia. Todas as canções de amor já existem.

Fecho a porta do apartamento. Ligo o rádio e tenho um breve momento de contentamento. Escuto o meu hino de amor, cuja letra deseja "que não seja preciso mais do que uma simples alegria pra me fazer aquietar o espírito, e que o seu silêncio me fale cada vez mais...".

Adormeço com o pensamento em minhas metades. Metade de mim é amor, sim, como diz a música. Mas, e a outra metade?

Feliz Dia dos Namorados, Destinatário.

CIDADE

É preciso exercitar o olhar, pois parece uma rua central comum, com seus movimentos e sua urbanidade em demasia. Olhe com parcimônia. De tantas coisas que a rua principal oferece, seus olhos encontrarão pequenas placas que indicam um discreto caminho para um grande lugar, tão singular como a vida e tão puro quanto uma igreja.

Subi, adentrei o morro, a pé, pelo estreito caminho. Inventei de tirar os sapatos. Havia grama e plantas. Eu me deleitava com a umidade e com o recatado perfume das flores. Aliás, flores me trazem a boa lembrança da festa do meu casamento que virá – que eu quero que venha!

Sem pesares, penso que também flores velarão a minha morte. Acredito que nos momentos mais importantes e belos da vida de uma mulher, sempre haverá flores. Como se fosse preciso – e necessários! – a perfeição e o encanto delas para celebrar o ato de viver e descansar.

As árvores centenárias da subida apenas permitiam que réstias da luz do sol me tocassem no caminho que eu percorria, exatamente como acontecia nos passeios de minha primeira infância, quando detinha a pureza de ser criança e a segurança de sentir-me amada, no sítio de meus avós.

A cidade de cimento fora esquecida em segundos e o caminho de pedras com folhas secas, aceito por parecer familiar. Talvez seja o silêncio que me encante, ou as poucas casas do lugar, com ares de moradores felizes, não sei... Acho que talvez não seja importante saber.

A residência branca da década de quarenta, aberta ao público, indica o fim do caminho e o começo de histórias. Em seu exterior, além do símbolo maçônico, um ar de antigo perfeito. A casa de passarinho enfeitada, torta, junto às árvores, me traz a memória de uma adolescência imperfeita; o cheiro de família que esse lugar possui me permite imaginar a vida crescida aqui, certo era que eu teria a minha inocência preservada. Nesse lugar, onde o tempo passa sem pressa, se fosse esse, à época, o meu lugar, ninguém me obrigaria a ser adulta e, muito menos, a chorar precocemente.

Passando a porta principal de madeira, em forma arredondada, à sala, abriga-se a Madona e seu Menino, "A Pietá" – uma sincera máxima humana sobre o amor divino. A assertiva do artista em usar a morte para expressar o amor me toca profundamente. Muito embora a vida não me tenha sido justa, sou detentora de um coração que conheceu e morreu por amor diversas vezes, e pelo amor viverei cada dia a zelar e a esperar. Olho para dentro de mim ao compasso que toco a imagem da obra que representa o meu Deus e Lhe peço em oração: "Ensina-me a aguardar!".

Se apenas fosse para contemplar "A Pietá", o passeio já teria sido bom e a vida e obra do escultor já teriam alcançado a plenitude. No entanto, a casa e o artista oferecer-me-iam mais e eu aceitei; gostei da história daquela arte, da história daquela vida, pois elas se mostravam tão únicas e incomparáveis quanto o lugar onde se localizavam.

Estou só. Gosto de passear só nesse lugar. Para alguns, é apenas um museu com vista para a cidade... Já, para mim, é um lugar onde humano e divino dão-se as mãos.

Eu o trarei aqui como companhia... Você poderá sentar-se ao meu lado no banco de pedras centenárias, no lado direito externo do museu. Poderemos fazer nada juntos, contemplar o jardim cuidado, a vista agradável, a ausência de movimento e o excesso de paz.

Que você não tarde em aceitar esse convite, e que, quando vier, aprecie o cenário, o museu e a mim; leve em consideração o meu sorriso e o meu passado. E tendo o pôr do sol por testemunha, me ofereça a cumplicidade e a felicidade dos anos que estão por vir.

"Havia um cerne de céu, um celebrar sexo de mel".

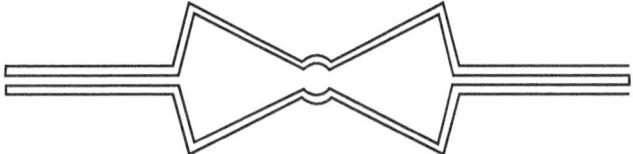

ANIVERSÁRIO

Hoje eu pensei em seu aniversário... E em como todas as pessoas que guardam algum apreço por você utilizarão esta data como "desculpa" para demonstrar gratidão e afeto... Telefonemas, abraços, mensagens e alguns presentes.

Todos (no modo mais amplo que a palavra todos possa alcançar) nós somos limitados em nossa maneira de amar, de demonstrar amor. Culpa dos ensinamentos dos pais, da sociedade, da educação fria do colégio... Sempre há um culpado. Agradeceremos pela presença de pessoas especiais em nossa vida uma vez ao ano, lhe desejaremos felicidades e um tanto de saúde apenas em seu aniversário. O que era para ser a contagem do tempo e das idades, mais uma volta ao redor do sol, acaba por ser tornar uma oportunidade para valorar a vida de pessoas que são presença em nossa história.

O fato de ainda não nos conhecermos obstrui a minha aquisição de presentes a sua pessoa. Ao menos em parte, isso é verdade. E isso me incomoda, afinal seu aniversário se aproxima...

Pensar em algo que agrade o outro, tirar do orçamento valor em espécie com o qual possa-se adquirir um bem envolto de significados: "eu pensei em você, tirei tempo dos meus compromissos, encontrei espaço na agenda para me dirigir a uma loja e procurei por um objeto que tivesse a função de lhe agradar e, implicitamente, a função de valorar a sua presença em minha vida..." O ato de presentear, por um motivo muito lógico, foi elevado a uma linguagem de amor. Ou seja, de uma flor roubada a uma jóia que reluz, não temos mais o direito de olhar para esse outro, que nos presenteia, da mesma forma que antes. Pois, por algum motivo despretensioso, nos achegamos em sua vida e ficamos, não apenas passamos por ela, como fazem os conhecidos, que temos aos montes... A esses, só falamos: "Oi, tudo bem?!". É preciso um grau maior, seja da amizade, do amor ou do parentesco, para que nasça em nós o desejo de presentear, desse amar materialmente. O objeto irá "dizer" indiretamente o que, por vezes, nos encabula falar diretamente: "Você é importante!", "Sua presença me faz bem!", "Não há mais eu sem você!".

Claramente, em meia dúzia de linhas escritas, um dos meus traços de personalidade foi delatado... Ok, eu adoro ganhar presentes... Mas aprecio, em um grau bem mais elevado, também presentear. Amo sinceramente um homem que ainda não conheço e para o qual escrevo cartas há alguns anos.

Talvez, reconheço, não venha a soar, assim, tão "normal", confessar a um homem no primeiro encontro que tenho para ele presentes em casa, cartas escritas e guardadas.

Por mais comemorações que se possa ter em um aniversário, por mais álcool e bolo que se possa consumir, por mais diversão que uma festa possa trazer, haverá, em algum momento, bem naquele antes de dormir, a reflexão "aniversarialística", que é como eu carinhosamente a chamo: "Mais um ano, e isso quer dizer mais experiência". "Há algumas metas ainda a conquistar e, claro, mais idade no corpo e na mente". "Talvez eu devesse caprichar mais na academia".

Entre um e outro plano, talvez uma dúvida pequena lhe inquiete: "E essa vida de solteiro? Com comida congelada e apartamento vazio? Será assim pra sempre?".

É nessa reflexão anual de aniversário que nos "encontramos", pois ela não é somente sua, mas minha também.

Por ora, comemore e beba com seus amigos, presenteie a si mesmo e, principalmente, faça um check-up! Sim, eu preciso te encontrar inteiro e bem, porque quero passar muitos aniversários ao seu lado. Nessa altura, eu incluiria também o conselho, já que é festa e tem bebida: use camisinha...!

O espelho pode dizer que está envelhecendo, mas que mal pode existir em ter histórias para contar e conquistas para exibir? Quantos amigos, erros e acertos, quanta coisa se passou!

Ainda, cada ano a mais na sua idade é, para mim, um motivo a mais para esperar pelo momento em que irei te conhecer pronto, e completo.

Feliz aniversário!

HERÓI

Sua voz firme de homem hoje me ajudaria, uma vez que eu não tenho habilidade alguma para impor condições. Poder de persuasão? Eu? Não, esqueça! Ar ameaçador? Muito menos! Estou mais para mocinha indefesa presa nas "garras" do devorador. Um monstro, o plano de saúde. Ele é tenebroso, possui cláusulas de fogo e garras de juros que irão me devorar, caso nenhum herói chegue a tempo e mate à espada todos os atendentes do SAC do maldito 0800, que dão vida ao monstro.

Desisti, hoje, do meu plano de saúde atual. Vou aderir a outro amanhã. Entrarei com uma ação na Justiça, buscarei (tentarei na verdade, nunca sabemos o que se passa na cabeça de um juiz) reparação indenizatória pelo procedimento que o atual "monstro" não autorizou. Mas há esperança... De que o novo plano seja melhor, que o procedimento médico seja, enfim, autorizado. Ela, a esperança, aliás, era que, nos contos, mantinha vivas as princesas enclausuradas em torres. Se não fosse ela, as princesas se suicidariam. Coisa mais fácil é morrer quando se está presa e esquecida em uma torre. Basta não se alimentar, ou se atirar em queda livre. Dada a altura das torres, a morte é certa. Bem diferente dos condomínios populares, nos quais, atualmente, as princesas solteiras moram. O aluguel, ou a prestação da aquisição, só é acessível a elas quando em prédios sem elevador; nesses, o síndico, os vizinhos e os cobradores nunca as esquecem. Sem falar que ninguém consegue morrer direito se jogando do quarto ou do quinto andar. A manchete seria ridícula: "Moça linda tenta se suicidar e fica paraplégica".

Enfim, se você já estivesse por aqui, teria brigado com o plano de saúde por mim; teria imposto argumentos com ar ameaçador; teria usado da lógica-racional-pragmática-masculina. E aposto que conseguiria algum resultado, algum sucesso.

Eu penso em como será interessante ver o seu poder de barganha, exercitado na arte de vender um carro, escolher uma furadeira ou em conseguir descontos com vendedores homens, se tornando, sutilmente, superior a eles no modo de falar. Já com vendedoras mulheres, usará de seu charme e de algum elogio sincero, e o desconto será certo também.

Um "defeito": vocês homens, geneticamente, historicamente e hereditariamente, falam menos que nós, mulheres. Isso, às vezes, nos parece ruim e claro que, inevitavelmente, reclamamos. Não compreendemos a falta de reciprocidade; de um lado, como remetente, um ser que fala pelos cotovelos; do outro, como destinatário, um humano quase monossilábico.

Sua sorte é que ainda o amo, e sei que o que me encantará em você, quando eu me dispuser a lhe observar sem queixas, será o seu jeito; o jeito que precede a sua fala. Antes que as palavras se formem e sejam, por sua boca, proferidas, seu olhar indicará o pensamento ativo. Um "plano" de rápida solução se formará em sua mente, antes que eu termine de pormenorizar e exemplificar o que estava por dizer. Como você consegue ser assim?

Você não gasta a tarde inteira envolto em tristezas, resultado do não saber o que fazer, ou do que falar, coisas essas que me são tão próprias. Mas, ao invés, resolve e pouco se intimida, e efetivamente soluciona, agiliza e deixa tudo bem.

Não foi um dia fácil; são tempos difíceis. No entanto, o dia acaba bem por sua causa, por estar agora pensando em você.

Imagino sua voz... Será que o tom é mais agudo? Grave? Talvez aveludado? Não sei, pouco importa o tom. Aliás – e sobretudo! –, acima da palavra se encontra o modo. Mais do que o que se fala, o encanto reside no modo como se fala. É esse modo único que espero identificar em você – tão difícil é descrevê-lo! –, e muito facilmente ele me conquistará. Não, não tenho como provar tais coisas. Por ora, apenas a escrita do que sinto e do acontecerá a nós me alcança.

Que ela, a escrita, possa, por fim, lhe agradar, lhe parecer sincera – por que de fato o é -, e ser leve, leve como um "Oi, amor, como foi o seu dia? Quantos 'monstros' você teve que enfrentar hoje?"...

Os heróis, segundo os filmes de ação, são personagens viajantes, sinceros em todas as suas atitudes, detentores de uma fé legítima, que os guarda e os ajuda nos momentos de contristação.

Em tempo: você tem um bom plano de saúde? Desses com cobertura completa e internação em apartamento? Desses que permite a inclusão de companheira como dependente?... Sim! Meu herói.

SÁBADO

Hoje, sábado, estou a escrever a você sem inspiração alguma... (A questão é se escritoras sem inspiração devem ser levadas a sério?!)

A inspiração deve ser um espírito arrogante, desses que ficam pairando no céu sem nada a fazer. Daí, então, fica a observar e a rir de todos os escritores do mundo. Aos seus "queridinhos", ela manda sua essência "inspiradorística" e os faz gênios, ou ricos; seja com histórias de bruxos adolescentes, vampiros românticos, tons cinzas, anos de solidão, bichos revolucionários... Todas, histórias que eu, por exemplo, poderia ter escrito. Mas, não! A uns escritores a Dona Inspiração faz questão de eternizar; a outros, permite que vagueiem para sempre na mediocridade...

Na falta de uma ideia genial que revolucione o mundo literário, nada mais me resta a não ser escrever a você, meu bom e fiel Destinatário... Você é o único que me lê. Preferiria a morte a uma crítica sua. Se não forem essas cartas, motivos de elogios seus, mais prudente seria a morte encontrar a um de nós, antes que pessoalmente nos conheçamos e eu ouça zombares seus.

Mas, estava eu a lhe falar do corrente sábado, dia sem assunto, sem convite de coisas para fazer e compromissos a cumprir. Hoje será daqueles dias nos quais ninguém me ligará e nenhuma vontade de mudar a vida, ou melhorar a forma física, irão me acometer.

E como seria se você estivesse aqui? Imagino que seria a companhia quente apropriada para um dia tão morno...

A princípio, não cozinharíamos, haja vista haver abundante soma de comida semipronta congelada na cozinha. Do mesmo modo, não limparíamos a casa – a diarista sempre vem nas segundas-feiras (lavar a louça e deixar a pia limpa é realidade de adultos maduros que, hoje, ao menos, não seríamos).

Toda a espécie de porcaria da Elma Chips sairia do armário direto para a tigela em nosso colo. Comeríamos – no sentido amplo do termo – na cama, sim!

Não aceitaríamos convites inesperados dos amigos para ir a lugar algum. Se bem que hoje parece ser daqueles dias em que o mundo nos esquece, que ninguém nos liga, nos manda mensagens; nenhum ser precisa – ou lembra – de nós para se divertir, ser feliz ou pedir favores.

Não demoraria muito para o colchão ir da cama para a sala, isso depois de nos cansarmos de fazer amor no quarto... Afinal, a TV e o som estéreo da sala são mais adequados para assistir filmes e séries, essas que todos comentam e seguem como se não houvesse nada mais importante no mundo a fazer...

Tomaríamos banho juntos e abriríamos o primeiro vinho em plena três horas da tarde; o segundo seria aberto às quatro... O vizinho curioso que viesse nos espionar aos beijos na sacada, identificaria um casal inusitado que toma sol, se beija, bebe e ri, tudo ao mesmo tempo. Ele, certamente, ficaria incomodado: "O que dois 'desocupados' fazem em casa em um dia tão lindo?"...

Conversas bobas, conversas sérias, carinhos e toques. Ausência de maquiagem, perfumes, salto e gravata. Seu cheiro e o seu melhor sorriso; adormecer no seu ombro, fazer-lhe massagem e cócegas... É assim que imagino um dia inútil com você. As fotos desse sábado teriam caretas, cabelos desarrumados e nossas caras de embriagados.

E o que mais faríamos com tanto tempo de qualidade juntos? Deve estar se perguntando o seu Eu, que calculo ser orientado, assim como o meu também o é, por horários encavalados, agenda cheia e supressão de momentos de ócio.

A maioria dos casais não visita o sótão de memórias um do outro. Não sabem dos sonhos juvenis de seu par deixados para trás; nunca ouviram a narrativa cômica do primeiro beijo ou da primeira transa do outro. Tudo isso porque as perspectivas de amor, e a prática de se amar alguém, são, em demasia, projetadas para o futuro, esse que talvez não chegue. Os relacionamentos resumem-se em "o que vamos construir", "o que iremos fazer", "o que vamos comprar", "quantos filhos teremos", "onde passaremos o próximo réveillon"...

Eu projeto, no futuro, um dia juntos para que eu venha saber do seu passado. Quero saber sobre suas brigas no colégio, sobre a relação com o seu pai, com qual idade experimentou maconha... Eu quero rir do relato do seu primeiro namoro e das suas histórias de acampamento. Acharei divertido descobrir qual foi o seu primeiro emprego, o porquê dos seus apelidos e como eram os seus carnavais aos 17 anos...

Ficarei em silêncio quando você me relatar a respeito do amigo que já faleceu, das dificuldades financeiras pelas quais sua família já passou; dos erros irreparáveis que você, porventura, já tenha cometido; e dos arrependimentos que ainda lhe são presentes...

Eu já o amo, Destinatário, mas o meu amor por você será ainda mais completo e revestido de significados se eu conhecer as suas precariedades, se eu souber daquele menino que nunca, sequer em sonho, imaginou o grande homem que você se tornaria. Eu quero visitar com você os melhores e os piores dias da sua vida, da sua história, dos seus sonhos, realizados ou não. Foram esses lugares que maturaram o homem pelo qual eu me apaixonarei. Acabará em pizza o nosso dia de "refugiados". Pizza com glúten e lactose, com 5 diferentes queijos. O refrigerante que acompanhar a "assassina" de todas as dietas não será diet. Tampouco o sorvete da sobremesa; esse será servido com calda de chocolate, palitinhos de chocolate e conhaque de chocolate.

Eu devia ter uns 15 anos, ou menos, quando ainda passava dias assim com as amigas "inseparáveis" da oitava série. Meu Deus, como será que elas estão?!

A vida adulta começa a nos respingar já no primeiro emprego, o que para mim aconteceu aos 16 anos. Desde então, cresceu de forma proporcional à idade – e porque não dizer ao salário –, a quantidade de: compromissos, contatos, prazos e responsabilidades. E cá estou, com uma vida adulta invejável, dominada por uma rotina corrida moderna sufocante. Não, isso não é uma reclamação, é uma carta sem inspiração de uma escritora medíocre, lembra?

E qual é o prêmio por eu ter chego lá? Posso escolher o que eu quiser? Mesmo? Ok!

Eu escolho ter o direito, vez ou outra, de regressar, viver um dia de pré-adolescência sem culpa, acompanhada não de amigas espinhentas, mas de um homem interessante, que esteja disposto a não fazer nada comigo em um sábado inteiro.

"Deixou seu perfume amadeirado e sedutor, notas frescas de âmbar na cama vazia".

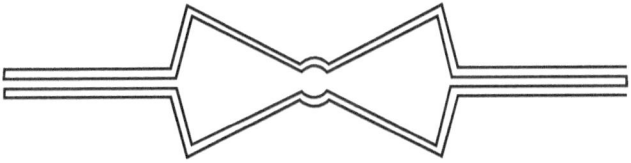

ENGANO

Quando julgo tê-lo encontrado, quando me disponho a amar e aceitar outra pessoa em minha rotina, percebo, após meia dúzia de decepções, que novamente eu estava errada.

"Não era pra ser"... Frase aborrecida, essa. Quem se dispõe a consolar deveria usar, ao menos, expressões linguísticas mais engenhosas.

Eu não deveria permitir que sorrisos amistosos paralisassem temporariamente a minha sagacidade. Logo, eu tenho uma parcela de culpa toda vez que meu coração se engana.

O passar do tempo acumula, em mim, anos que demonstram cansaço com os equívocos amorosos. Mas, ao mesmo tempo, acentua a crença de que com o Destinatário dessa carta será diferente.

A diferença que espero encontrar em você são atitudes miúdas, nada de promessas volumosas e ilusórias. Há uma coisa que a maturidade me sinaliza: identificar o amor de um homem nas pequenezas... Por exemplo uma ligação: quando das minhas viagens, das voltas para casa, de trajeto qualquer que eu tenha que fazer sozinha. Será especial ouvir a sua voz questionando se a minha chegada ao destino fora bem, se estou segura.

Quando os meus escritos relatarem o encontro de nossos corpos, escreverei de nossa evolução no sexo, sem vergonhas, sem medos e com liberdades. Liberdade de amantes que se desejam e se permitem, que querem nada mais que o prazer e a satisfação do outro.

O que espero encontrar, precedendo o amor, é a confiança. Celulares sem senhas, chaves do apartamento um do outro e ausência de mentiras. A confiança é solo fértil, onde tudo que se planta dá.

Eu quero um namoro com pequenos atos de cuidado, bom sexo e confiança. Nunca achei que pedir isso para a vida fosse pedir muito. Mas ela diz que é... Ou melhor, que vem sendo. Ultimamente, a quantidade de mulheres solteiras aumenta consideravelmente, mais que a dos homens. Sem falar dos homens que se interessam por outros homens, e da nova moda masculina, que é ser um eterno solteiro.

Já que a vida está dificultando as coisas, solução remanescente é encontrar o gênio da lâmpada mágica, pediria: a paz mundial, a ausência da fome no planeta e um namorado que preste!... "Para quê esse último pedido?", questionaria o gênio. "Para acabar com a sarcástica espera e confusa procura que me chateiam, para rir da solidão e para ter com quem passar domingos chuvosos, domingos de sol e domingos sem clima algum", eu responderia.

A eficiência dos gênios de lâmpadas é inquestionável e, a respeito do último pedido, ele me daria você.

Sua presença em minha vida acalmaria meus impulsos, não ficaria indecisa para ligar-lhe, não mediria palavras. Não entraria nos joguinhos de procura, de medir a atenção e disfarçar interesses. Não julgaria inconveniente dizer "Bom dia, amo você!"

Quando seu vizinho me flagrar bebendo chocolate quente de calcinha na sua varanda, identificará em mim um semblante alegre, de quem gozou a noite inteira, de quem não se preocupa se dormiu, ou não, com o cara certo... Pois, por fim, você será o cara certo.

A advertência do síndico, para que suas visitas andem "bem vestidas" na sacada não o incomodará. Você dirá a ele que não é apenas uma visita, trata-se de uma presença permanente.

Talvez restem dúvidas aos homens: quando uma mulher deixa de ser visita e passa a ser presença permanente em sua casa, na sua vida? Não há respostas prontas. Acredito que seja no momento em que ele perceba que sorri ao lembrar-se dela, e sorri mais ainda quando ela está por perto; na ocasião em que o perfume horrível-enjoativo passa a ser aceito e parece familiar. Quem sabe um homem ame quando os conselhos e cuidados da mulher lhe causem falta; quando, com ela, passe a compartilhar tudo, e a considerá-la sua melhor amiga. Não sei...

Em se tratando de amor, há apenas uma certeza acurada: o primeiro encontro ocorre em hora não planejada, em situação nada conveniente e com a pessoa diferente da qual imaginávamos. Isso, de início, faz com que julguemos se tratar de uma impropriedade do acaso; além do quê, de imediato identificamos no outro três defeitos inaceitáveis.

Mas basta virem frases como essas: "Estou indo para aí agora", "Cancelei tudo para ficar com você" e "Pode sair com seus amigos, eu confio em você", para que o amor mostre a que veio e bagunce com nossas "certezas".

Por ora, entre enganos e promessas, coisa de quem tenta e se arrepende, a vida vai passando, o coração chora no silêncio do quarto e mais uma ruga dos trintas e poucos anos aparece.

Incomoda muito, faz doer, me calça de cuidados e arrependimentos; não a ruga – companheira da jornada que disfarço com maquiagem –, mas o engano miserável que acontece toda vez que me disponho a procurar pelo amor no homem errado. Que eu não sabia que era errado...

Novamente alguém não me percebeu inteira, não perguntou do meu passado, me tirou do sério e causou um pouco de estrago. Eu me enganei.

Caro Destinatário, que possamos, em breve, nos encontrar e consertar. Compreendermos, enfim, que o nosso amor não terá culpa dos anteriores.

"Somos adultos com almas infantes, na cama brincamos livres e nos derrotamos em guerras de prazer".

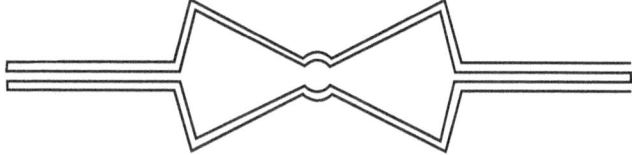

SOZINHOS

Sexo de manhã pode ser? Tudo bem pra você? Então, ok. Era tão somente esse o meu pedido. Desculpe-me chegar tão diretamente ao assunto. Nessa altura das cartas você já deve ter percebido o quanto de oratória e de rebuscamento me é característica. Quando se trata de sexo, tudo deveria ser mais simples e os desejos dos parceiros, claros.

Nos estudos, literaturas e matérias conjugais, aos quais tive acesso, seja pelo interesse no assunto, seja para entender minhas experiências pessoais, jamais testemunhei ou li que o sexo fosse capaz de sustentar qualquer relacionamento. Ora, não sendo, pois, o motivo único e principal de união, e sim, acessório, sua importância torna-se secundária.

Sexo poderia ser definido como algo bom... Bom e comum. Assunto que deveríamos tratar sem floreios e, principalmente, sem expectativas.

Já li que, dentre os significados da solteirice masculina, está o de passar por longos jejuns de sexo, que banheiras com mulheres lindas e nuas está mais para filmes hollywoodianos do que para a vida real. Li, também, que de todo o tempo que um homem passa com uma garota, em um final de semana com a namorada, por exemplo, o tempo dedicado ao sexo não chega a trinta por cento do tempo total, o que justificaria ser a importância do sexo em um relacionamento proporcional ao tempo dispensado com ele. Consultei pesquisas e nelas a informação era de que o sexo para o homem está mais ligado à expectativa de se "consegui-lo" e de se autossatisfazer com ele do que qualquer outra coisa; e que, para eles, quem diria, a qualidade do sexo eventual é uma bosta... O que se pode conclui de tudo isso? Ora, que eu leio demais, evidentemente.

Bem acima de ler, aprofundar e esgotar assuntos, meu gosto cai e fica na vida real, nas pessoas que conheço e em suas histórias. Aprendemos com a trajetória do outro e isso é inevitável.

Não lembro seu nome, bem pouco de sua fisionomia. Era linda, eu posso garantir. Eu era visitante em uma reunião de pessoas que têm por hábito contar histórias. As histórias de suas vidas... Falar de si é um lugar sagrado e dificultoso. A solução mais segura, na maioria das vezes, é acomodar no silêncio o que foi tumulto em nós.

O nosso passado pode ser um altar, ou uma sepultura. O problema reside em não nos visitar, e em impedir a visita dos outros.

A noite seria marcante. O tema da fala da mulher que se deixaria "visitar" por nós era sexo... Passadas as formalidades iniciais da reunião, deu-se inicio ao conto que traria, para os ouvintes, e, sobretudo para mim, a certeza de que jamais esqueceria sua história; um grande aprendizado.

Começou pelo começo. Relatou sobre a infância difícil após a morte de sua mãe, rememorava todos os percalços que a orfandade prematura lhe causou e de como se deu a sua pré-adolescência morando com parentes, e com isso sendo abusada sexualmente por pessoas próximas por anos a fio... Ela foi ferida no corpo e na alma na única fase da vida onde não se consegue reagir e fugir, uma infância marcada pelo silêncio e pelo terror. Em cada nova casa em que ia morar, seu corpo de pré-adolescente acendia nos novos agressores o instinto covarde de se utilizarem dela como coisa. Bastava a casa estar vazia, bastava o silêncio da noite e, sobretudo, o seu silêncio, para não acordar os outros moradores. Tinha que calar, nada de criar "causo", afinal, tinha um teto, comida e uma vida "boa". Ou era isso ou era a rua. Fizeram-na entender que ceder o corpo para os machos das casas pelas quais passava, era desses assuntos de família, que não se comentam por aí. Quando as parentas percebiam a "ameaça" juvenil, era hora de a menina órfã trocar de casa...

Mas existem circunstâncias que ninguém pode impedir que aconteçam: o tempo de passar; e as pessoas de crescerem.

Tornou-se jovem, encontrou uma religião, optou pela fé e pela vida. Com a independência própria de quem começa a trabalhar, escapou de seus agressores. Qualquer lugar, por mais simplório e improvisado que fosse, que seu escasso dinheiro pudesse pagar, era mil vezes melhor do que o "conforto" de residir com eles.

Ela fez com a sua juventude o que todos os jovens "normais" fazem: trabalhou e estudou, muito, demasiadamente. Mas nunca era vista em companhia masculina qualquer. Tornou-se uma jovem com vida normal aos olhos de muitos. Escondidas estavam, em si, as feridas na alma que silêncio algum cicatrizava. Havia uma promessa, uma única e séria promessa: nenhum homem a tocaria novamente...

Tornou-se mulher, de uma beleza singela e mansa, própria de quem tem fé. A presença das pessoas de fé é incomum, lhes precede um sorriso e uma mensagem positiva imperiosamente. É um tipo de aconchego.

De forma inevitável aconteceu-lhe o amor. Tão improvável que era a ela pensar em uma figura masculina ao seu lado, mas ele fez e aconteceu, o amor não a poupou e a acometeu sem defesas. Era um rapaz de grande valor, percebeu-a especial entre todas. Era da mesma religião e guardava por ela amor verdadeiro e respeito indescritível.

Ela deixou-se enamorar. Vivia o romantismo do primeiro amor já adulta, e isso lhe deu segurança para aceitar o noivado e marcar a data do casamento. Ela ainda guardava, em silêncio, suas feridas da infância e adolescência. Os noivos não mantinham relacionamento íntimo, pelo costume da religião que seguiam. Isso, para ela, era de grande valia, pois mantinha a promessa.

Havia muita alegria na preparação da união. Entusiasmo próprio de quem realiza um sonho, do vestido à decoração, tudo foi perfeito. O carinho das pessoas da igreja, a presença dos amigos. Ela vivia o melhor dia de sua vida, diante de todos, e abençoados pelo Deus no qual acreditavam, uniram suas vidas e seus corações.

Quando a festa do casamento acabou, um calafrio a acometeu. Todo o júbilo e o contentamento de um dia glorioso apagaram-se junto com as luzes do salão. Daquele momento em diante, a noiva não mais sorriu, ela teria que cumprir a "obrigação" da noite de núpcias.

A noite de núpcias não aconteceu após o casamento, e nem nas semanas seguintes. Ela não "conseguia". Chorava e se trancava no banheiro, e não permitia que o marido a tocasse. Se não fosse todo o amor dele por ela, o casamento terminaria naqueles dias... Ele não imaginava o que se passava com a esposa, lhe cobrava explicações e queria entender de uma vez por todas o porquê do comportamento dela. Essa situação prolongou-se por dois meses.

Em uma noite, entre lágrimas, ela pediu ajuda aos céus, precisava salvar seu casamento, abrir feridas e quebrar silêncios. Levou o marido até o quarto do casal, sentaram-se na cama que nunca fora usada pelos dois. Ela apagou a luz pegou na mão dele e começou a falar. A questão estava muito além da não virgindade, era uma menina assustada que estava na frente dele. Ela lhe contou de todos os homens que a abusaram, de tudo o que eles, um a um, a obrigaram fazer, de como ela não teve saída durante aqueles anos nos quais sua pureza de menina foi roubada e da mancha na alma que todos eles deixaram. Pela primeira vez, ela falou e a dor que sentia não tinha proporção. O escuro lhe trouxe à tona o choro, o mesmo choro de quando era acordada com violência.

Acreditava que perderia seu marido naquele momento e reviveu todo o terror da infância por contar-lhe a verdade. Não era ela, mas o seu passado que não permitia que ele a tocasse.

Quando ela terminou, ele, que permaneceu em silêncio durante todo o relato, levantou, ligou a luz do quarto, voltou-se para ela, segurou-lhe firme as mãos lhe olhou nos olhos e disse: "Eu te amo e nós vamos enfrentar isso juntos!".

O amor dele, a fé dos dois, tratamentos médicos e acompanhamento psicológico a curaram. Ela vive um casamento genuíno, com lindos filhos. Ama seu marido, e ele a ela. Possuem uma cumplicidade que não acaba. Eles se entendem no olhar.

Após nos contar sua história, ela finalizou sua fala com um aconselho: "Não é o status, o dinheiro, a beleza, a performance sexual, os bens, ou tudo mais que haja de externo no outro... O que importa é a segurança do olhar nos olhos, é quando ele se compromete a estar com você para enfrentarem problemas juntos, é só isso que importa! Queira e espere por alguém assim".

A reunião terminou e foi dessas ocasiões com o poder de mudar algo em nós. Saí daquele lugar melhor do que quando cheguei... Vez ou outra eu ainda volto e em cada história encontro um novo aprendizado. Qualquer dia desses vou me habilitar a falar sobre a minha vida. Contarei do tempo em que escrevia cartas para o homem da minha vida. Em como eu e ele nos conhecemos, em como nos entendemos no olhar e podemos sempre contar um com o outro. Falarei que nos apaixonamos por nossas almas e que decidimos, em plena tarde de quinta-feira, pelo amor, por uma vida a dois. Só não contarei que fazemos sexo todo dia pela manhã.

"O sexo sempre foi, e é, uma poderosa energia,
buscando por um sentimento".

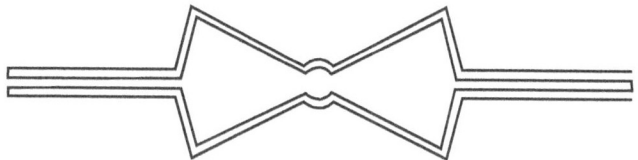

SEXO

Eu sou a mulher que se masturba quanto a espera por você às vezes cansa.

E se trato com bondade ao meu corpo, quanto mais o farei com o seu.

Espero que aprecie toque, saliva e boca, e que seja paciente com o percorrer do meu seio às suas costas, abraçá-lo nua e beijar-lhe a nuca me serão necessários.

Um quarto e a sua companhia terão o poder de desnudar-me não somente o corpo, mas a alma. Gemidos, sorrisos de prazer, fantasias sexuais para realizarmos e garrafas de vinho para esgotarmos.

Aprecia vinho? Secos e bons, tintos e fortes... Tudo bem se bebidas alcoólicas não o agradem, terminamos tudo aqui.

A probabilidade de você não gostar de vinho me broxou completamente... O texto estava indo tão bem, poderíamos gozar juntos ao final. Mas, e agora? E se o homem da minha vida não gostar de vinho? Como eu não pensei nessa drástica possibilidade preliminarmente?

Não, não é um vício. Ok... É, digamos... Um hábito...

Você sabia que após seis meses, toda a prática vira um hábito? Isso é muito interessante, pois, como dizem: "Não se gosta ou não de vinho; vinho é a bebida que se aprende a gostar". Não foi diferente comigo. Já fui uma adolescente desconhecedora dos prazeres do paladar. À época de moça, tomava apenas vinho suave, desses que mais parecem xarope de mel, que prometem a cura para as enfermidades da gripe. Para piorar, misturava o vinho barato com Coca-Cola. Quem nunca provou "Porta Aberta" não teve adolescência... Questiono se beber tal "drink" seria, de todos os pecados, um do tipo perdoável. Nunca li, no Livro Sagrado, nada a respeito...

O hábito do bom vinho chegou a mim por meio de um alguém. Homem que o tempo revelou um ser lamentável. Sexo malfeito e beijos de traição... Nele, nada valia! A não ser a abordagem sensorial que tinha. Sabia dos tipos de vinhos e as diferenciações de suas estruturas; falava-me das famílias aromáticas, dos gostos e sabores; trazia-me uma garrafa a cada encontro e foi assim que eu virei alcoólatra... Brincadeira, a única vantagem que observo no alto valor dos vinhos é que os preços impedem que o vício prospere, ou se consolide.

As mitologias Grega e Romana conferem a Dionísio e a Baco a origem do vinho. Mas antes deles existiu Osíris, a primeira divindade egípcia a cultivar uma vinha e pisar seus grãos para obter vinho...

É perceptível que não nos faltará assunto, tanto para antes, como para depois do sexo. No entanto, por vezes acho que falo demais.

SPA - Síndrome do Pensamento Acelerado é a síndrome do momento, da qual sou mais uma vítima. Seus efeitos culminam em diálogo diverso e ideias rápidas; a pessoa não para, a mente não descansa. A menos, é claro, que se beba meia taça da bebida inventada pelo deus egípcio.

Agora, que já o convenci a aprender a gostar de vinho, ou a apreciar mais dessa bebida, poderíamos voltar ao sexo? Parei, se não me engano, no momento em que imaginava beijar a sua nuca...

Em pouco tempo, as minhas pequenas mordidas por volta do seu pescoço e orelha encontrarão seus lábios, o tempo já não importará e parará dentro do quarto. A temperatura dos nossos corpos dispensará as cobertas, suas mãos impulsionarão meus ombros para que eu desça com meus beijos para onde eu te faça feliz; safado e sem vergonha, vale lembrar que reciprocidade na cama é fundamental.

Os sexos devidamente molhados, beijados e chupados possibilitarão as duas formas de penetração, ora com pressa, ora sem pressa alguma e com todo o carinho do mundo. Mesclaremos apelidos com as posições preferidas, entre arranhões e apertos...

Nossos corpos se contrairão, suarão inteiros num duplo clímax, quisto e esperado.

Mesmo exaustos, trocaremos olhares na meia-luz, essa sempre presente, própria de amantes que querem ver e admirar a nudez do outro enquanto lhe dão prazer.

O limite de amantes já passados dos trintas? Duas horas de sexo! Ok. Duas horas na melhor das hipóteses, em ocasiões especiais ou quanto não tivermos que trabalhar cedo no dia seguinte...

Sexo não é prova de amor, de fidelidade ou um ato de procriação somente. Sexo não é obrigação e não deveria ser feito se não há consentimento dos pares, muito menos ser imposto ao outro com o uso da força. Sexo não é moeda de troca ou barganha. Sexo não deveria ser tido como entretenimento, feito ao léu sem responsabilidade. Esqueceram de ensinar às pessoas que o sexo sempre foi, e é, uma poderosa energia buscando por um sentimento. No ápice do envolvimento humano, deixa-se de "trepar" e se passa a fazer amor.

Fazer amor com o Destinatário dessa carta será tudo o que escrevi, somado ao que você imaginar.

"E o destino nisso tudo?!
Tão treiçoeiro quanto aproveitador."

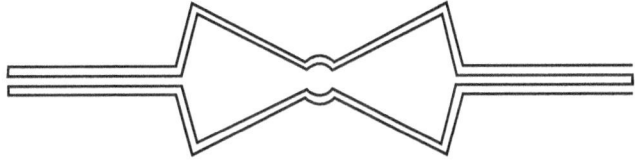

FAMÍLIA

Não apenas escrevo para o homem que conhecerei em breve, cujo frescor do sorriso eu posso sentir ao fechar os olhos.

Não somente penso no traço que terá o seu rosto, como, de antemão, prevejo a textura da sua barba e o cheiro da nuca.

Preparo a minha vida, e mentalidade, para quando você vier, pois acredito que amor precisa de permissão e requer espaço. Além das coisas que estão ao meu alcance, suavemente, coaduno com o universo e com Deus. Está a cargo deles orientarem a sua alma para encontrar a minha, neste tempo, nesta existência.

Por que um pensamento positivo a respeito de um estranho? Por que cartas? "Uma precipitação!", pensariam alguns; "mera ansiedade!", diriam outros; "uma prova de amor!", consentiria a maioria.

Respostas e conclusões diversas, saliento que o foco do meu discurso não está em mim, sou só a moça que escreve. Muito menos nos meus anseios e na minha imaginação a respeito de você, o moço que lê. A inspiração de hoje é outra, e muito mais complexa. Eis: "Por que o amor acontece?"...

Por que o amor existe? Qual a sua origem? Quando passou a mover a literatura, o cinema, a música, a arte?

Quando passou a fazer parte de nós? Será que é ele – o amor –, que está a permitir esse encontro híbrido de agora entre duas solidões? A de quem lê com a de quem escreve?

Da arte egípcia aos escritos bíblicos, dos blogs aos atuais youtubers, falar do amor e das questões que o envolvem é assunto obtuso, comparado à dificuldade que é ministrar sobre a origem de nossa existência e a formação do planeta que habitamos. Logo, a questão do amor passa a ser de cunho pessoal. Cada qual tem a sua opinião, sua resposta e, por que não dizer, "solução".

Essa carta é minha solução, as opiniões nela expressas são particulares. É justo, pois, que eu defenda, com unhas e dentes, o que acredito. E tente, além do mais, persuadi-lo. Caro Destinatário, você está avisado!

Diminuo a retórica, sucinto a resposta – ou a questão – para dizer ao mundo que o amor nada mais é que a experiência do outro em nossa vida. Seu ápice, no meu modo de compreendê-lo, acontece na forma de uma segunda e/ou terceira pessoa. Não que o amor possa ser um ensaio só. Perceba que até para os religiosos, que entregam a vida para a igreja, o amor acontece na forma de uma segunda pessoa, a Santíssima Trindade, e seu volver cai na terceira, a Igreja.

Ou seja, ao findar das contas, o amor é família? Sim, simples assim. Dois laços que se encontram e, misturados, ganham outra direção, criam novos laços, gestam um lar. Não importa quão moderno e diversificado possa ser o conceito e formato atual de família, é em uma que o exercício de amar acontece, materializa e se renova.

Acredito que a propensão pessoal e individual para o amor tenha início quando, ainda crianças, nos percebemos fora de nós mesmos. Por exemplo, é necessário que uma segunda pessoa me alimente, me ensine a andar. Logo, amar não é uma experiência egoísta. Ela acontece fora, necessita de outro e se soma dentro de nós. Leva em conta o conjunto de nossas memórias, principalmente as mais tenras.

Os filhos, as terceiras pessoas, são sempre os que mais "logram" quando o amor entre dois acontece (o contrário dessa afirmação também é verdadeiro).São deles os benefícios vindouros quando um encontro de almas, um casamento apaixonado ou uma união estável – e consciente! – acontece.

Nem a ação do tempo, tampouco as crenças do mundo apressado e em desalinho, podem desfazer a índole de um adulto que, quando na infância, fora um filho amado e esperado pelos seus pais. Falo da segurança que só os lares de verdade costumam oferecer. Um adulto crescido assim acreditará no amor e o repetirá durante a vida, de inúmeras formas.

Desejo que o Destinatário dessa carta ame. Não ao próprio corpo obtido por treinos; ou bens materiais frutos de intenso trabalho; não os diplomas, ou o dinheiro no banco. Não! Por tais coisas eu desejo que o Destinatário dessa carta seja grato. Gratidão é diferente do amor. Gratidão não pede em namoro, não se apaixona, não constrói uma história... Não é a experiência da gratidão que gera filhos, mas sim, a experiência do amor; que ele possa, um dia, e em breve, resultar a você um "pequeno" com seu gênio e seu olhar.

Talvez essas cartas não sejam para você; talvez, quem sabe, elas existam unicamente para serem histórias de dormir a certa pessoinha... Não deve haver coisa mais linda, e engraçada, do que ler cartas de amor dos pais.

Então, você está querendo dizer que não é só sobre eu e você?

Sim, Destinatário. Não haverá sentido se nossa história terminar em nós.

Nunca é – ou deveria ser – sobre um casal, unicamente. O amor tem fascínio por construir castelos de areia com crianças na praia... Ele nem se preocupa com a torre ridícula que construiremos, com o carro cheio de areia na volta para casa, com a exposição ao sol fora do horário recomendado.

Não deveria escrever sobre isso agora, pois é necessária sapiência e muitos e muitos anos acrescidos a nossa experiência para entender o valor que construções de areia, que o mar desfaz, podem ter.

Bem provável que o sentido do que esperamos viver lado a lado seja encontrado aos sessenta, quando buscarmos nosso primeiro neto na escola... A nossa maior fortuna acumulada terá o joelho ralado, um avião de papel na mão e pedirá que você o coloque no pescoço para brincar de alcançar os galhos das árvores. E – acredite! – você fará tudo o que ele lhe pedir...

Quando as costas doerem, você o devolverá ao chão, sua mão segurará a dele; a dele procurará a minha, e alguns segundos de atenção e afeto de vocês me serão dispensados antes que o caminho pela calçada seja terminado.

Talvez não tenhamos tempo para falar sobre o amor, para ensiná-lo aos nossos netos, mas ficará tudo bem quando não formos mais presença, e sim história... Os pais deles lhes contarão da infância que tiveram conosco, dos castelos de areia que costumávamos construir juntos, mostrarão essas cartas... Sim, ficará tudo bem.

"O afeto chega onde os outros sentimentos não chegam porque é leve, duradouro e construído com o tempo".

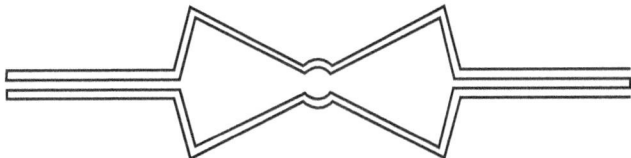

UM BRINDE

Engraçado, eu não lembro o assunto da aula. Esqueci-me do dia em que ela fora ministrada. Tampouco recordo da roupa que eu usava e dos acontecimentos subjacentes daquela manhã. Não tenho certeza se realmente era manhã; uma vez que as aulas também ocorriam à noite... Ele, meia idade, barriga de professor e falta de vaidade típica de professor. Movido por segundos de brilhantismo, desses que ocorrem aos mestres, sem mais ou menos, interrompeu o assunto que lecionava para nos explicar o que era o termo "sucesso". Tratava-se de um professor metido com artes e suas derivações. Esses, sem dúvida, são os melhores, uma vez que suas motivações não são apenas salariais, estão além disso, vivem envoltos em projetos culturais e sociais. Criativos, inteligentes e sensíveis; pós-graduados em gente e em sociedade. Artistas e mestres. Não há como não amar as aulas de um professor assim...

"Sucesso não tem a ver com posses, com dinheiro. Dinheiro torna uma pessoa rica e não, necessariamente, lhe traz sucesso. Do mesmo modo a fama. Essa transforma desconhecidos em figuras públicas. Seguindo a linha de raciocínio, também a fama não é sucesso. Estar na mídia faz com que a pessoa seja conhecida, mas não necessariamente ela terá sucesso; uma coisa não está vinculada à outra.

Imagine, pois, duas linhas, paralelas (ele fez duas linhas no quadro), a de cima é o seu trabalho, o labor que paga suas contas e provém o seu sustento; a segunda é o seu hobby, o que você gosta de fazer nas horas vagas, nos finais de semana, aquilo para o quê você arruma tempo e investe algum dinheiro, se dispõe a conhecer sobre o assunto... Hobby pode ser qualquer coisa: orquídeas, bandas de rock, livros, cachorro, carro, enfim.

Pois bem, quanto mais as duas linhas paralelas estiverem se intercomunicando (ele continuou as linha dos dois riscos feitos antes no quadro, aproximando-os ao final), quanto mais próximas estiverem, mais perto do sucesso a pessoa estará".

Eu achei aquela explicação de um brilhantismo!... Bem acima e mais inteligente que o clichê: "Faça aquilo que você gosta"...

Ele continuou e usou de exemplos, entre eles, o de um bancário...

"Imaginem um bancário que adora pescar. Dentro do que eu quero explicar sobre o sucesso, digam-me: de que maneira o bancário alcançaria o sucesso? A resposta não está em tornar-se ele um pescador, desses de barco humilde e redes furadas, não!... O bancário encontrará satisfação envolvendo-se com qualquer negócio ou atividade produtiva relacionada à pesca, e nisso podemos imaginar gerenciar uma grande loja de artigos de pesca; ter uma empresa de importação e exportação de pescados; trabalhar no setor turístico de pesca esportiva; fazer um site sobre o assunto ou vender artigos de pesca on-line, por meio de um e-commerce.

Entendam! Sucesso trata-se de desenvolver suas habilidades cognitivas e empreendedoras dentro de uma atividade econômico-produtiva relacionada, de qualquer maneira, ao seu hobby. Envolvimento, satisfação, conhecimento e entusiasmo são aptidões natas que desenvolvemos naturalmente para com os nossos hobbies. Muitas vezes eles nos acompanham durante a vida inteira. O desafio consiste em fazer deles atividades econômicas sustentáveis, com retorno financeiro o suficiente que possa nos sustentar. Poder juntar as duas linhas, a do trabalho e a do hobby, é a felicidade. Feito isso na vida, o sujeito segue seu caminho como todo mundo, mas com a seguinte vantagem: poderá dizer aos netos que teve sucesso na vida"...

Há ensinamentos que reverberam. Saem da sala de aula e entram em nossa vida. E é bom que seja assim.

O motivo de eu dividir com você um ensinamento passado que ainda me inquieta? Ora, desejo inquietá-lo também...

Contudo, não o motivo a largar a carreira e a vender tudo o que tem, o que acumulou em anos de labor, para ser blogueiro de bandas de rock. Não, não é isso. Ao menos espere que nos conheçamos primeiro, conversaremos com calma sobre desprendimento...

Nós ainda não nos conhecemos, pode ser que essa carta venha a calhar, e lhe inquiete, não sei. A curiosidade que tenho a seu respeito é grande. Será que você tem sucesso? Será que já se realizou na vida? "Chegou lá", como todos dizem?

Das experiências próprias e alheias, do que vi e vivi, poucas são as pessoas de sucesso por aí, ao menos do sucesso ao qual se referia o meu professor artista-entusiasta.

A verdade é que a maioria de nós possui mais potencial do que imagina, poderíamos ser mais do que somos e desenvolver soluções, planos relevantes, cases de sucesso, em vez de seguirmos a vida como a maioria: ter salário, patrão e ser empregado. Não ser ainda o que se quer ser, definição a qual eu, nesse momento, me encaixo.

Há muitos limitadores para isso, sendo o maior deles a falta de coragem. Coragem para largar o emprego, vender tudo o que se tem e apostar todas as fichas em uma ideia. Se de um lado está a covardia, do outro, por vezes, encontramos a ausência de apoio e incentivo de pessoas próximas. Um lugar para onde voltar, caso nada dê certo; um olhar que diga "tudo bem", ao invés, de "eu avisei". Ter apoio para buscar o sucesso e realizar sonhos é questão de sorte.

Muitos julgam que se apaixonar, formar família ou ter filhos pode atrapalhar a busca pelo sucesso. Não é verdade. Amor, ou se deixar amar, não é agente "dificultador". Tudo bem que, por vezes, um filho pode atrasar, um pouquinho que seja, seus planos, mas ele nunca impedirá a sua trajetória.

Há uma grande vantagem em não se chegar ao topo sozinho (ou sozinha). Consiste em ter com quem dividir a vitória, ter a quem cumular de orgulho.

A mola propulsora de um vitorioso, na maioria das vezes, está em casa, sabe a preferência do outro para com o café da manhã, e tem o nome de cônjuge. Também têm nome as motivações maiores do sucesso. Engatinham e frequentam o maternal... São os filhos.

Destinatário, não subestime o poder que o amor companheiro pode ter.

Não é fraqueza admitir que se queira alguém. É preciso, na verdade, uma dose extra de coragem para não se submeter e repetir o individualismo moderno.

No fim, a vida usa de sabedoria e não nos obedece, faz com que a pessoa ideal apareça do nada e em hora não apropriada. O amor não se contenta em ser o fim, ele quer ser o meio para realizar sonhos, planos e obras, para, assim, nos amadurecer.

Destinatário, eu proponho um brinde: que o nosso amor nos leve ao sucesso!

VERÃO

O sol está a se pôr. Ele cai ao fim de um céu limpo, o vento é forte e solícito, a água cristalina reflete os raios amarelo-fogo, puro esplendor. A beleza da paisagem reverbera e chega até mim, e me encontra em paz. O clima desse entardecer é agradável. Há um resto de calor que casa com o ar fresco vindo da água. Impressão minha ou a areia parece estar mais macia? Meu corpo está à mostra, o sol que se despede ainda esquenta e isso é bom.

Todos os problemas são esquecidos. Até ontem eram urgentes, hoje são coisas que podem esperar. Nessa parte da praia não há energia elétrica, urbanidades, trânsito e muito menos conexão com a internet. No entanto, estamos em sintonia, você está aqui e faz parte desse momento. Eu poderia meditar, ler ou mergulhar; fazer um desenho na areia ou uma prece sincera. Não há de se negar a presença de Deus, é possível reconhecê-Lo na natureza... Mas, não. Meu pensamento, de forma involuntária, percorre o tempo e o espaço e chega até você, Destinatário desta carta, e onde quer que esteja, o toca. Fecho os olhos, o sentimento que me esvazia tem o nome de saudade... Sendo a saudade do que ainda não aconteceu, dor legítima. Não são só palavras escritas, nunca foram apenas cartas.

O sol se retira, mesmo sem minha licença. A escuridão da noite me obriga o retorno a casa.

O relógio continuou a funcionar mesmo em minha ausência, insolente. Os amigos já estão na segunda rodada de bebidas, impuros e felizes. A bateria do meu celular trabalhou tranquila e em dois toques me conecto ao mundo. Os sorrisos, a churrasqueira farta e as músicas... A música está para as noites de verão assim como o sol está para o dia. Tudo está bom, perfeito e agradável, mas seria impróprio julgar que nada mais me falta... Reflexão própria de um coração exigente, de uma mente criativa ou de um corpo desejoso de prazer? Não sei. Talvez você saiba.

Eu não verei o sol por longas horas; amanhã, quando ele estiver ensaiando para nascer, nós, da casa, estaremos nos recolhendo a nossos colchões espalhados pelo chão para dormimos. Isso se a bebida não acabar antes das primeiras horas da manhã, o que nos faria cair no sono antecipadamente.

Interessante que ninguém duvida que o sol brilhe amanhã, e nem nos dias seguintes... Só porque é verão o sol tem a obrigação de aparecer?

A ausência dele na noite não deveria prejudicar a certeza de sua existência? (Apagarei isso, parece reflexão de bêbeda!).

(Levando em consideração que a existência de álcool em meu sistema circulatório não prejudica a minha capacidade de formular ideias e nem o meu vocabulário, vou continuar a escrever, que se foda!).

Então... Eu escrevia daquela parada doida de o sol estar escondido e de todo o mundo vir a pensar nele. Mas, sei lá, ele tá lá, entende?

Eu tenho uma relação com o sol. Sério. É envolvimento quando você admira e fica horas vendo alguma coisa, não é? Eu faço isso todo dia. Todo dia, assim, o ano inteiro, não, né? Mas sempre que venho para a praia, e é verão e não chove. Eu fico lá, sozinha, pensando, olhando o sol se pôr... Mas não muito tempo, porque, às vezes, nem eu me aguento. Passa tão rápido, nem parece que eu estava sozinha; penso em um monte de coisas. Não me lembro de nada do que pensei agora, mas penso. Uma realidade meio energética ficar falando sozinha com o sol. Não falando em voz alta, as pessoas iam me chamar de doida. Mas falando com o pensamento. Entende?

Ah, se você já estivesse por aqui para passar os verões comigo... Às vezes eu acho você um inútil... Poxa!... Custava aparecer logo? Tipo, amanhã? Vai aparecer quando? Quando eu estiver gorda e velha e só usar maiô?

Um triângulo amoroso, eu, você e o sol. Então, será legal podermos vir uma semana antes e ficarmos sozinhos, pra "limpar" a casa, se é que me entende...

Tipo... É uma figura maneira, casalzinho e tal. Bah! Mas dá um medo. Acho que é um medo que todo solteiro, ou solteira, sente. E a minha liberdade? Minhas festas? Vou perder tudo isso? Vou passar o verão inteiro na casa da sogra? Detesto velhos... Não... Digo... Cheiro de velho é que eu não gosto. E depois de uns dez anos juntos? Nossa diversão será fazer castelinhos de areia o janeiro inteiro com os pirralhos? Não... Eu quis dizer crianças, filhos, sobrinhos, cachorro... Acho que não pode levar cachorro para a praia. Dá medo a imagem de um verão "família". Dá mesmo!

Eu inventei sozinha uma frase. Ela diz: "Casamento é como faculdade, é ótimo ter no currículo". Já pensou a pessoa chegar aos cinquenta solteira? É melhor morrer primeiro que responder as perguntas cretinas do tipo: "Nossa, você nunca casou?". Tantas pessoas "pós-doutoradas" com três divórcios aos cinquenta... Eu, quando tiver essa idade, não quero disputar com as sobrinhas o buquê da noiva em casamento de parente. Deus me livre! Sério...

Estou falando sério (repeti sério duas vezes, acho que estou brava). Eu troco meus verões de solteira por verões família. Já foram trinta e poucos anos curtindo, já dei mais que chuchu na serra, já encheu o saco todo verão com os mesmos amigos, sem falar que cada ano um ou uma sai da turma porque casou... Não vou ser a última da turma a casar, não vou mesmo.

Vou tirar xerox dessas cartas e distribuir no sinal; vou procurar uma agência de casamento. Há sites de namoro e eu já ouvi falar de uns loucos que se arrumaram assim... Não, eu ainda tenho dignidade, não posso ir para a internet... Não vou, mesmo!

Sou uma mulher sensata, gostosa, bem resolvida, independente. Não baixo aplicativo para encontrar pessoas no celular – onde só se cadastram vagabundos casados! – nem que me torturem. Eu tenho o meu orgulho, uma pós-graduação e ainda falo inglês.

Talvez eu devesse parar de beber, parar de escrever e acordar cedo amanhã (hoje... já passa da meia-noite) e correr quilômetros na orla com cara boa de mulher interessante e shorts curtos...

Putz, merda! Não trouxe tênis para correr, é por isso que eu não arrumo alguém que preste...

"A estação central está cheia, você está lá. Novamente eu me atrasei e embarcaremos na vida em vagões separados".

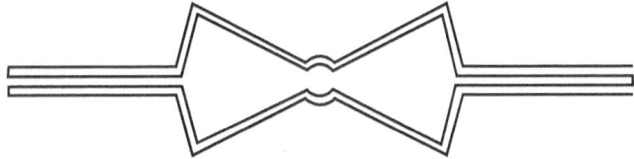

FIM

Não mais escreverei.

Por muito fiquei aqui, com a mansidão das palavras que me traziam alívio e um plácido prazer. Convenhamos, é uma comodidade alcoólatra, essa, de quem escreve. O escritor apodera-se de verbos e predicados, aguça a observação, treina constantemente a leitura. Mas, por vezes, falta-lhe a iniciativa para o encontro pessoal com seus personagens.

Outra coisa que decidi, além de parar de escrever para você, é que irei conhecê-lo pessoalmente. E será amanhã!

Tracejo irônico esse: conhecer uma pessoa... Mais difícil que conhecer é amar, isso com toda certeza.

Por outro lado, seria um grande nada passar pela vida sem dificuldades e ironias. Faz pouco tempo que entendi sobre esses conceitos. Até então eu era como rio desviando de rochas, coisa de quem tem medo de sofrer...

"Quanta bobagem garota! A única solução efetiva que permite a ausência de sofrimentos é a morte". (Conselho de rocha).

Estou viva! Logo, sofrer é natural. Outra conclusão a qual cheguei, veio-me pela observação: rocha e rio formam um lindo par.

E que fique claro: um par, não necessariamente, mora junto e se casa em um, ou em cinco anos. Um par, inclusive, nem precisa morar na mesma cidade, na mesma residência, e os parceiros não precisam sucumbir as suas individualidades e liberdades. Apenas, e tão somente, modificá-las...

Também o contrário pode acontecer... Um par pode ser visto ordinariamente grudado e serem, os dois, assustadoramente iguais nos gostos e em costumes, terem a mesma rotina e se completarem dessa maneira.

O senso de proteção nos faz correr para esse par quando as notícias ruins estacionam em nosso lugar. É nele que pensamos quando a programação requer não fazer nada, ou quando requer conhecer um lugar especial no mundo. Com o passar do tempo, a reiterada presença, a solicitude prestada e o sentimento de amizade, todos, transformar-se-ão em um, no amor.

Para evitarmos enganos, permita que eu esclareça. Será amor quando os seus ouvidos forem os primeiros a escutar o reclame, a indignação e o choro. Claramente será amor quando as notícias boas lhe forem antecipadas, acompanhadas de risos e esperança. Ah, será amor, certamente, se você for a companhia escolhida para dividir silêncios, sobrevoar oceanos, ouvir sobre os traumas do passado...

Seria capaz, inclusive, de dizer ser amor, o fato de seus olhos serem os primeiros a ler essa carta, mesmo que essa afirmação pareça um exagero de glicose.

Mas, voltemos às rochas... As possibilidades de formação de pares – ou de "casais", como a maioria bem prefere chamar –, em muito se assemelha às diversidades rochosas existentes. De fato, o coração é o órgão mais criativo do corpo. Faz pares de rio com rio, rocha com rocha e rio com rocha. Aproxima esses elementos, mesmo quando estão distantes, mesmo quando guardam diferenças em qualidade, idade e formação. O coração mantém para sempre unidos elementos improváveis, e dá uma duração curta à união de outros claramente iguais. E vice-versa. Um fenômeno natural, arqueológico, incompreensível; eis o que é o amor.

Somos, eu e você, uma possibilidade de rocha e rio totalmente válida! Válida e esperada, diga-se de passagem.

Ou seja, não há receita, padrões e motivos para pré-conceitos. Uma vez que duas pessoas estão dispostas ao encontro, basta que se tire a distância da frente delas e do meio do caminho. Destinatário, tenha um pouco de fé, e um meio sorriso fácil. Eu estou disposta ao nosso encontro.

Combinaremos, então, dessa maneira: eu cesso a escrita, ao passo que você para a leitura. Sem motivos para a solidão, sairemos à rua. Consultaremos a agenda cultural do jornal. Diremos sim a todos os convites, dos mais intriguistas aos menos interessantes. Valerão festas do conhecido de um amigo, lançamentos de livro de autores desconhecidos, shows internacionais, teatros com atores Globais – e não Globais, principalmente; encontros veganos, livrarias, praia, exposição de carros antigos; de feirinhas culturais à aula de culinária; de hostel alternativo ao melhor restaurante da cidade visitada...

A única maneira de nos encontrarmos será sermos presença na vida, em vez de ausência. É do lado de fora que a vida acontece. Dizem os antigos: "O amor não baterá à porta, pois ele está virando a esquina". Às vezes, ele pode ser como a brisa leve que toca seu rosto; noutras, como a chuva forte que lhe acomete inteiro.

No começo do fim desse texto, no auge da maturidade dos trinta e poucos anos, no melhor momento da minha vida; eu chego à conclusão de que estou pronta, e disposta, a dividir com o Destinatário dessas cartas a minha felicidade.

Antes dos quarenta anos, alcança-se o cume da "montanha". Após, é "montanha abaixo" (e a descida é bem mais rápida que a subida!). Parece justo querer, da vida, estar acompanhada para a descida. Os anos passarão de qualquer forma, e qualquer distração, qualquer piscadela e já teremos alcançado o fim da "montanha" com oitenta ou noventa anos.

Dizem que dançar – eu adoro dançar, mas mais gosto do que sei, na verdade – é um ótimo elixir para quem tem medo da terceira idade. "Ache seu par, pois dançar acompanhado é bem mais seguro, ao menos às pessoas idosas'"... (Isso foi um conselho!).

Essas cartas não foram feitas em 30 dias, como também não duraram trinta anos. Compilam momentos diversos: de ansiedade, carência, revolta, medo; de diversão e bem estar, bem querer. Nasceram para provar que estou falando sério, acredito e preciso de você, mas acabaram me servindo de companhia em instantes solitários. E nas entrelinhas, quem diria, é possível encontrar uma mulher nua, que às vezes é como uma canção que não se esquece; outras, como uma piada que tem graça.

O melhor de mim lhe escreveu. Sem maquiagem. Lúcida, na madrugada; ou cansada do trabalho, ao cair do sol. Testemunharam a minha entrega, vinhos tintos secos importados – não os franceses ou portugueses, pois um oceano tem extremo poder sobre os preços dos vinhos europeus. O paladar habitua-se facilmente aos vinhos chilenos e argentinos. Foram esses que me fizeram companhia. Também à beira da praia, eu lhe escrevi. No trânsito, as palavras me encontravam; no meio do expediente ou entre as refeições, elas – as palavras – chegavam-se acaloradas, diziam que precisavam ser escritas a você... Quase sempre elas me turbilhonavam à noite, impedindo o sono. Somente quando prometia a elas seu uso na próxima carta, elas me deixavam adormecer.

Ora, pois, aqui estou a falar de mim novamente... Quando, na verdade, a questão nunca foi "eu", sempre foi "você". No que diz respeito a você, desejo que essas cartas lhe cheguem em momento oportuno, porque somente assim as entenderia...

Sendo o caso de você estar ocupado em demasia com estudos e trabalho – é o seu momento na vida de crescer! –, é bem provável que mulheres apaixonadas não lhe sejam bem-vindas.

Caso haja muitos pares de brincos diferentes na sua cabeceira, cujas donas você não saiba identificar, talvez não lhe pareça sensato, nesse momento, ter apenas uma, se pode ter várias...

Tem vezes que a vida dá um giro de 180 graus, por puro divertimento, apenas para ver como os seus "peões" reagem. De uma hora para outra, a vida nos surpreende: ocorre uma troca de emprego, mudança de cidade, falecimento de entes queridos, acidente ou, ainda, alguma doença... Se você passou, ou passa, por alguma mudança abrupta, o momento é o de se reencontrar. Bem provável que você esteja inacessível a qualquer afeto feminino.

De todos, o pior momento para se ouvir falar de amor é quando não se acredita mais nele, seja por uma traição que ainda dói, seja por uma decepção legítima.

Quando olhamos para o rastro de vida que deixamos para trás, o aprendizado mais relevante é o de que os momentos, por piores ou melhores que sejam, todos, inevitavelmente, passam. Não há mal que perdure para sempre; não há alegria que nunca acabe.

Os momentos são assim, chegam, fazem o que têm que fazer e partem. Na despedida, deixam cair do bolso um pedaço de amadurecimento. E nós o juntamos.

Que diabos as pessoas fazem com esses amadurecimentos? Sei lá, várias coisas... Escrevem, por exemplo... Ou os transformamos em conselhos, desses que não serão ouvidos por nossos sobrinhos, alunos, irmãos ou amigos... Olhamos para os adolescentes próximos e distribuímos nosso amadurecimento, e eles, que só nos ouvem por educação, pensam silenciosamente: "Como ser 'velho' é chato!".

Chegou ao fim o momento das minhas cartas. O momento agora é outro, o de encontrar você e olhá-lo de perto, com demoras.

Observo-o agora, um homem atraente, o mais interessante que já ouvi falar. Está tranquilo, sem postura, largado à leitura, concentrado. A mão que não segura o papel, vez ou outra encontra o rosto, a respiração é calma e o corpo pouco se move; os olhos percorrem essas linhas em consonância. Permita que eu lhe fale: é lindo um homem quando lê.

Caso todos os seus "momentos" já tenham passado, a questão do amor maduro, do amor que valha a pena, estará, possivelmente, sondando-o. Feito pássaro à procura de um ninho, ou feito pássaro decidido a fazer o próprio ninho... De todo modo, esse "pássaro" só se achega se houver um bem-estar, um sorriso mais fácil e, principalmente, ausência de medo.

Essas cartas foram o pássaro que solicitei que voasse ao seu encontro. Abra a janela, vá a pé, peça a sobremesa; olhe ao seu redor, eu estou observando você. Esperando que me perceba, que aceite a minha companhia. Caso queira, não precisará mais voar sozinho...

Dizem que a vista, montanha abaixo, é linda; dizem que o vôo a dois é mais suave.

@lirihaescritora
contatoliriha@gmail.com

www.ingramcontent.com/pod-product-compliance
Lightning Source LLC
Chambersburg PA
CBHW020414130626
46549CB00006B/2563